Amélie Lethombe

owl - check

Flaubert
Trois Contes

Agnès Desarthe est née en 1966 à Paris. Romancière, elle a notamment publié *Un secret sans importance* (prix du Livre Inter 1996), *Mangez-moi* (2006) et *Le Remplaçant* (prix Virgin-Femina 2009). Agrégée d'anglais, traductrice, elle a cosigné avec Geneviève Brisac un essai sur Virginia Woolf. Elle est également l'auteur de nombreux livres pour la jeunesse.

Agnès Desarthe

DANS LA NUIT BRUNE

nightfall dusk

Éditions de l'Olivier

TEXTE INTÉGRAL

ISBN 978-2-7578-2469-6
(ISBN 978-2-87929-697-5, 1re édition)

© Éditions de l'Olivier, 2010

1

Tambury

« Une boule de feu qui valdingue d'un côté à l'autre de la nationale et puis, à un moment, après le virage, vlan ! dans l'arbre. La boule de feu s'écrase contre le tronc et brûle tout, les feuilles, les branches, même les racines. J'ai cru que c'était un phénomène paranormal. Mais non, c'était le gamin. Le gamin sur sa moto. Y paraît que ça n'arrive jamais des motos qui prennent feu comme ça, pour rien, mais là c'est arrivé. J'y étais. Je regardais d'en haut, sur le pont par-dessus la nationale. C'est là que je l'ai vue. Une boule de feu. »

Jérôme relit le témoignage paru dans le journal local. Ses mains tremblent. Son ventre aussi. Il lit une nouvelle fois, se demande pourquoi le journaliste n'a pas « arrangé » le français de Mme Yvette Réhurdon, ouvrière agricole. Un instant, il parvient à se distraire en imaginant la conférence de rédaction durant laquelle le comité a décidé de transcrire, à la lettre, les paroles enregistrées sur le magnéto-phone de poche de l'institutrice qui s'occupe de la rubrique faits-divers.

Très vite, le tremblement, qui s'était calmé, reprend.

Jérôme voudrait pleurer, il pense que ça le soula-
gerait, mais les larmes ne viennent pas. Le gamin
n'était pas son fils, c'était l'amoureux de sa fille.

Est-ce qu'on dit comme ça, amoureux ? Il ne sait
pas. Comment disait-elle, Marina ? Mon copain ?
Non. Elle disait Armand.

Assis dans le salon, Jérôme entend, par la porte
fermée de la chambre de sa fille, des sanglots, des
râles, parfois un cri. Il n'a aucune idée de ce qu'il
est censé faire.

Avant de partir au travail, ce matin, il est allé
voir. Il a actionné la poignée très délicatement, pour
ne pas la réveiller, au cas où. Mais elle ne dormait
pas. Allongée sur le ventre, elle pleurait. Il s'est
approché.

Il avait dans l'idée de lui caresser l'épaule. Mais
en l'entendant, Marina s'est retournée. Jérôme a vu
son visage et s'est enfui.

C'est naturel qu'elle m'en veuille, se dit-il. Pourquoi ce n'est pas moi qui suis mort. Ce serait plus
simple. Ce serait normal.

Jérôme a cinquante-six ans. Le gamin, quel âge
avait-il ? Dix-huit, comme Marina ? Peut-être dix-
neuf.

Armand.

C'est un joli prénom ça, Armand.

Jérôme rêvasse en jouant avec le dessous-de-plat
en forme de poisson qui trône au centre de la table.
Il a reposé le journal. Il voudrait lire une nouvelle
fois le récit de l'accident. Il n'ose pas. Quel intérêt ? Il ne reste rien du garçon. Une boucle de botte,
peut-être. La fermeture Éclair de son blouson.

8

Jérôme pense à la chanson d'Édith Piaf. Il s'en veut d'être aussi facilement distrait. Il voudrait s'engloutir dans le chagrin, y séjourner, comme Marina. Mais son esprit baguenaude. Il songe à des tas de bêtises. Peut-être, pense-t-il, qu'à force de relire l'interview d'Yvette Réhurdon, ouvrière agricole, il finira par pouvoir se concentrer.

À quoi bon ? Il l'ignore. Il sent qu'on attend de lui une réaction. Mais laquelle ? Et puis qui ? Qui attend qu'il réagisse ? Il habite seul avec Marina depuis que Paula l'a quitté. C'était il y a quatre ans.

Paula. Ça aussi c'est un joli prénom, se dit Jérôme.

Il déteste l'état dans lequel il est. Cette mièvrerie, ce flottement. Mais il n'y peut rien. Il a l'impression d'avoir perdu les commandes. Il plane. C'est la mort qui fait ça. C'est très puissant, la mort.

Non. Je ne peux pas être en train de penser des conneries pareilles, songe-t-il. Mais si. C'est exactement ce qu'il pense, que la mort est puissante. Il le pense avec la même intensité que trois secondes plus tôt, lorsqu'il se disait que Paula était un joli prénom. Paula était aussi une jolie femme. Il n'a pas compris pourquoi elle l'avait quitté. Il n'a pas non plus compris pourquoi elle l'avait épousé.

Si elle était là, elle saurait exactement comment s'y prendre. Elle ferait couler un bain à sa fille, lui parlerait, lui masserait les mains. Elle ferait entrer de l'air par la fenêtre. Lui raconterait des sornettes sur l'âme, le souvenir que l'on garde en soi pour toujours et qui nous renforce, la vie qui finit par l'emporter.

Jérôme l'admire. Comment fait-elle ?

Paula lui a toujours donné l'impression d'avoir pénétré le mystère de... tous les mystères en fait. Après la séparation, elle s'est acheté une maisonnette dans un village pittoresque du Sud. Il y a un gros buisson de lavande et une glycine dans la cour. Elle boit du rosé avec ses voisins au soleil couchant. Parfois il pense à elle, à la vie qu'elle s'est faite loin de lui. Une vie réussie, harmonieuse. Les jours de grisaille, les semaines où le thermomètre ne remonte pas au-dessus de moins cinq, il rêve qu'il la rejoint. À la météo, le soir, il regarde la carte de France, il y a presque toujours un soleil au-dessus de la région où Paula habite, alors que là où ils vivent, Marina et lui, c'est brouillard givrant, brume matinale, perturbations amenées par un front dépressionnaire de nord-est.

Que font-ils là ? Pourquoi Marina n'est-elle pas partie avec sa mère au moment de leur séparation ? C'est normal pour une fille de suivre sa mère. Il n'a pas le souvenir d'en avoir discuté, ni avec l'une ni avec l'autre. Et soudain, ça lui apparaît : Armand. Marina et lui devaient être dans le même collège. Elle était petite, mais elle était déjà amoureuse. Marina n'a pas choisi entre son père et sa mère. Marina a choisi l'amour. Jérôme en est certain. Pourtant il n'a connu l'existence de ce garçon que récemment. Marina est une jeune fille discrète. Elle n'avait jamais fait venir personne à la maison. Et puis un jour, six mois plus tôt, elle lui a dit qu'elle voulait inviter quelqu'un à dîner.

– Je ferai à manger, lui a-t-elle proposé. Je ferai un rôti.

10

Et dans le rouge de ses joues et dans le « ô » du rôti, Jérôme a compris. Il a compris sans comprendre. Il ne s'est pas dit ma fille a un amant, il ne s'est pas dit elle veut me présenter le garçon qu'elle aime. Il ne s'est rien dit. Sa pensée ne produit pas de phrases. Elle s'arrête juste avant.

À huit heures trente la sonnette a retenti. Jérôme est allé ouvrir. Le gamin était là, une bouteille à la main. Jérôme se rappelle l'avoir trouvé grand. Il devait lever les yeux pour le regarder. Quel beau garçon. La peau… ses joues… les cils noirs, épais, l'éclat des prunelles…

Jérôme pleure. Il se prend la tête entre les mains, le temps de deux sanglots. Un pour la bouteille de vin dans les mains du garçon, l'autre pour sa beauté.

Et puis ça s'arrête. Plus de larmes. Plus d'images.

La cloche de l'église sonne. Jérôme se lève et regarde par la vitre. La pente qui plonge sous ses fenêtres, la route au fond, tout en bas, puis l'autre pente qui monte vers la forêt. Les vignes rousses en rangs, la terre nue entre les pieds noueux. Un soleil dans le ciel blanc. La sève qui se fige dans les plantes. De toutes petites fleurs mauves ont poussé à l'ombre de la haie de houx. Jérôme les regarde et pense qu'Armand ne les verra jamais.

Il se souvient d'avoir lu dans un livre qu'on posait des tessons de bouteille sur les yeux des morts avant de les mettre dans le cercueil. Il ne se rappelle pas le titre de l'ouvrage. Était-ce un roman ? Peut-être simplement un article de journal. Il ne sait plus, mais il aime l'idée. Ces yeux-là ne verront plus. Ou alors à travers des culs de bouteille.

Le paradis est si loin, si haut, que pour regarder vers la terre, on a besoin de loupes.

Jérôme se demande s'il doit aller à l'enterrement. Rencontrer la belle-famille qui ne sera jamais la belle-famille. Il se sent maladroit et timide. Il a peur. Il ignore comment on serre la main d'un parent qui a perdu son enfant. Il considère ce contact comme sacrilège. Je n'oserai jamais, se dit-il.

Le téléphone sonne. C'est Paula.

– Comment tu vas, mon grand ? lui demande-t-elle.

Le cœur de Jérôme enfle dans sa poitrine. Une montgolfière entre le plexus et la clavicule. Je t'aime. Je t'aime. Je t'aime. Voilà ce qu'il voudrait lui dire, à son ancienne femme pour qui il n'a jamais éprouvé que des sentiments très mesurés. Au lieu de ça, il répond :

– Pas fort.

– Et Marina ?

Jérôme ne dit rien. Aucun mot ne vient.

– Quelle conne je suis, fait Paula. Pardon. Désolée. C'est demain l'enterrement, c'est ça ? Je vais prendre l'avion, et puis le dernier train, ce soir. J'arriverai tard. Je peux dormir à la maison ? Non, c'est pas une bonne idée.

– Si, si, c'est très bien. Je laisserai la porte ouverte.

– Tu es gentil.

– C'est normal.

– C'est horrible.

– Oui.

– Qu'est-ce qui s'est passé exactement ?

– Je ne sais pas. Personne ne sait. La moto a pris feu. On ne sait pas pourquoi, ni comment. Apparemment il n'avait pas bu.

– Comment savoir ?

– On ne peut pas savoir.

– Quel genre de garçon c'était ?

– Parfait.

Jérôme est surpris de sa propre réponse. Paula se tait. Elle se sent flouée. Elle n'a pas connu l'amoureux parfait de sa fille. Elle-même n'a vécu que des relations bancales. Son mariage ? Sympathique, voilà le mot qu'elle emploie le plus souvent pour le qualifier. Comme pour achever de la faire souffrir, Jérôme ajoute :

– Je n'ai jamais vu ça. Un... comment dire ?... un attachement... un... tu vois, quand ils étaient ensemble...

– Épargne-moi, mon grand. Épargne-moi.

Elle raccroche alors qu'il est en train de lui dire « je t'embrasse ». Il songe à la rappeler, juste pour lui dire ça, « je t'embrasse ». Comme si c'était important, comme si leurs vies en dépendaient, l'équilibre du monde, la justice.

Je deviens gaga, pense-t-il, et il sourit, à cause du mot, de la manière qu'il a de tenir le téléphone au creux de sa main, comme une grenouille, une souris. Un sentiment agréable se répand en lui, une chaleur, une très légère euphorie. Un moment, il a oublié la mort d'Armand, parce qu'au lieu de penser à la catastrophe, il a songé aux animaux des bois et des champs, ceux qu'on rencontre en promenade et avec qui on échange des regards secrets,

13

furtifs, incomparables. Ce n'était qu'un sursis. Son sourire se défait. Il se dirige vers la porte. Ça fait trois fois qu'on sonne.

De l'autre côté du verre dépoli, il reconnaît la silhouette de Rosy. Rosy a toujours été grosse. C'est la meilleure amie de Marina depuis l'école maternelle. Elle a des joues immenses, comme des hauts plateaux mandchous, se dit Jérôme. Il ignore pourquoi le mot mandchou a toujours été associé à Rosy dans son esprit, peut-être à cause de ses yeux noirs légèrement bridés, de son petit nez épaté, de ses allures de poney.

— Bonjour, Jérôme, dit-elle en lui tendant ses incroyables joues.

— Bonjour, Rosy, répond-il en l'embrassant.

Ils restent un instant enlacés, se massent maladroitement le dos, puis se séparent soudain, gênés.

— C'est gentil d'être venue.

— C'est normal. Comment elle va ? Je lui ai apporté les cours.

— Oh, tu sais, je ne crois pas que…

— Si, si, dit Rosy, très sûre d'elle en avançant dans le couloir, son corps énorme se balançant d'une jambe sur l'autre. Faut pas lâcher. Faut rien lâcher.

Comment sait-elle ? se demande Jérôme.

Il la regarde se diriger vers la porte de la chambre.

Il les revoit, Marina et elle, quand elles avaient sept ans. L'une posait sa tête sur le ventre de l'autre et disait, « Je t'aime parce que tu es confortable » et l'autre répondait, « Je t'aime, parce que tu dis toujours des gentillesses. » Il trouve que ce sont deux très bonnes raisons de s'aimer.

14

Au moment où la porte de la chambre s'ouvre, le vacarme produit par Marina envahit la maison. C'est violent comme une rafale de vent. Les mains de Jérôme montent instinctivement vers ses oreilles. Il faut que ce bruit cesse. Mais dès qu'il prend conscience du mouvement, il ordonne à ses bras de se replacer le long de son corps. C'est son enfant qui pleure, ce n'est pas le connard d'à côté qui taille sa haie.

Rosy ne se décourage pas, elle entre et referme derrière elle. Le niveau sonore baisse aussitôt. Jérôme fait quelques pas dans le couloir, il écoute. Il entend la voix de Rosy. Puis des pleurs. De nouveau la voix de Rosy. Puis plus rien. La voix de Rosy qui chante une chanson en anglais. Sanglots en cascade, hoquets, un hurlement, sanglots, plusieurs cris. Rosy chante toujours. Arrêt des pleurs. Rosy chante. Elle chante de plus en plus fort. Et soudain, la porte s'ouvre. Rosy surprend Jérôme, l'oreille pratiquement collée au mur.

– Je sais que c'est une maison non-fumeurs, Jérôme. Je respecte totalement. Mais là, c'est un peu exceptionnel. Je crois qu'on a besoin de fumer. Je voulais vous demander la permission. Si on ouvre la fenêtre ?

Jérôme hausse les épaules, hoche la tête. À cet instant, il donnerait n'importe quoi pour pouvoir fumer lui aussi. Il n'a jamais touché une cigarette de sa vie. Quelle erreur ! Il aurait dû commencer comme tout le monde à quinze ans. S'il n'avait pas fait son original, il pourrait leur offrir une blonde, fumer avec

15

elles, comme les Indiens le calumet, sans parler. Sans avoir besoin de parler pour être ensemble.

– C'est cool, dit-il, parce qu'il a entendu un jeune dire ça avant-hier sur le parking de la poste.

Rosy lui sourit, plus mandchoue que jamais, et referme la porte.

La phrase stupide qu'il vient de prononcer flotte dans la maison. Jérôme va dans la cuisine et « c'est cool » le suit. Il ouvre un placard pour se faire du café et « c'est cool » en sort. Il retourne dans le couloir avec l'espoir que les pleurs l'emporteront sur l'écho persistant, mais plus un son ne s'élève dans la chambre de sa fille. C'est la fumette silencieuse, le calme infini de l'inhalation. « C'est cool » rebondit d'un mur à l'autre du couloir. Jérôme se précipite dans le salon, déplie le canapé, fait grincer tous les ressorts, se rue sur l'armoire, l'ouvre en grand, tire un drap, une couverture, des oreillers, se met à faire le lit comme une cameriste possédée par le démon. Il sue. Il aimerait faire beaucoup plus de bruit, mais les étoffes glissent et s'épousent, muettes. Jérôme n'entend que le brouhaha interne de son corps, battements de cœur, craquements des articulations. « C'est cool. » Heureusement, Rosy se remet à chanter. Elle a une belle voix, à la fois aiguë et pleine. Il ne reconnaît pas la mélodie, un air triste, déchirant. Lui n'aurait jamais eu cette idée : chanter une chanson triste à sa fille éplorée. Et pourtant, ça a l'air de marcher, depuis que Rosy est là, Marina ne pleure plus.

Jérôme contemple le lit qu'il a préparé pour Paula : draps blancs, mohair crème. Il le trouve douillet,

16

beaucoup plus attrayant que le sien qui est recouvert d'une couette bariolée affreuse. Avant ce jour il ne s'était jamais dit que sa chambre était laide. Il ne pense jamais aux draps, aux torchons, aux serviettes. Il ne saurait dire qui les achetés, ni où, ni quand. C'est comme s'ils avaient toujours été là, vendus avec la maison. Ce n'est toutefois pas le cas. Il a dû les acquérir après le divorce, au moment où ils ont vendu l'appartement parce qu'il lui rappelait trop de souvenirs, disait-il. Mais c'était surtout parce qu'il rêvait d'avoir un jardin.

Le pavillon qu'il occupe à présent avec sa fille possède à l'arrière, en contrebas, une courette herbue, entourée de murs dont la hauteur inhabituelle surprend. On a l'impression d'être au fond d'une piscine. Le soleil, déjà rare dans la région, n'y pénètre presque jamais. C'est un genre de cave en plein air et pourtant c'est un lieu charmant où poussent face à face, comme en conversation, un sorbier et un sureau, deux arbres chargés de baies en ombelle et supposés porter bonheur aux amoureux. Il y fait toujours frais, dans un pays où personne ne recherche la fraîcheur. Jérôme y a disposé une table et deux chaises en fer qu'il a peintes en rose très pâle, une folie. Le résultat est miraculeux. C'est si beau que Jérôme ne s'y assied jamais, comme si cela ne lui appartenait pas, comme si ce ravissant salon baigné d'ombres vertes attendait quelqu'un d'autre que lui.

À la fin de l'été, alors qu'il rentrait d'une semaine de vacances avec Marina, il avait découvert, près du compteur d'eau, au fond à droite, un carré de fleurs qui n'y étaient pas avant leur départ. Des zinnias de toutes les couleurs, aux pétales en écaille de velours, des dahlias déments aux énormes têtes de méduse et quelques œillets nains exhalant un parfum d'herbe coupée, de rose ancienne et de vinaigre. Marina l'avait rejoint.

– C'est Armand qui m'a planté un bouquet. T'es pas fâché ? lui avait-elle demandé en lui prenant le bras. Il veut devenir paysagiste.

Jérôme avait pensé : S'il veut devenir paysagiste, il ferait bien de réfléchir deux minutes. On ne plante pas un parterre pile devant une porte.

La plate-bande s'étirait le long du mur nord dans lequel les anciens propriétaires avaient aménagé un minuscule portail donnant sur une ruelle. Jérôme n'avait rien dit, mais Marina avait ajouté :

– De toute façon, on l'utilise jamais cette porte. Il faut se plier en quatre et y a rien derrière ; et puis comme ça, si des cambrioleurs passent par là, ils laisseront des traces dans la terre et on les retrouvera facilement.

Il avait acquiescé, touché par l'allure pimpante des fleurs, leur vigueur, le soin qu'avait pris Armand pour les transplanter, car elles étaient prospères et à pleine maturité, comme si elles avaient toujours poussé sur ce sol.

Toutefois, l'humidité pas plus que l'ombre ne leur avaient réussi. Dix jours plus tard, elles courbaient l'échine. L'expression « mauvais augure » avait traversé l'esprit de Jérôme.

À présent les tiges brunes emmêlées, couchées sur la terre, et les têtes noires et rabougries aux pétales poisseux finissent de pourrir devant le petit

18

portail. Cela n'altère en rien le charme du jardin qui accueille l'automne et son cortège de morts végétales avec tranquillité.

L'intérieur de la maison est neutre. C'est du moins ce qu'il se disait jusqu'à aujourd'hui. Mais en ouvrant la porte de sa chambre, il y voit soudain clair : chaque meuble, sous des dehors de banalité inoffensive, est repoussant, mal conçu, mal placé. C'est la première fois que Paula lui rend visite et c'est à travers ses yeux à elle qu'il examine son logis. Il est dix-neuf heures trente, trop tard pour remédier à cette situation pénible.

Il aurait peut-être le temps de repeindre, il lui reste plusieurs bidons dans l'appentis. À quoi bon, du blanc sur du blanc ? Il se voit condamné à accueillir son ancienne femme dans cette maison sans âme.

La cuisine est pire que tout avec ses deux casseroles cabossées, ses bols en verre marron et ses assiettes en Arcopal à motifs d'animaux domestiques. « Tu veux ton steak dans l'assiette bouledogue ou dans celle avec la perruche ? » À l'époque où il les a achetées, il avait dû penser que ça plairait à Marina. Elle avait pourtant déjà treize ou quatorze ans, ce n'était plus une petite fille chez qui la vision de la moindre bestiole provoque une joie immédiate.

Et puis qu'est-ce que ça peut faire ? Il n'est pas question de séduire Paula ni de la convaincre de quoi que ce soit. Elle vient enterrer le premier amour de sa fille. Elle n'a jamais vu Armand mais, demain, elle regardera son cercueil descendre dans la terre.

Pour la première fois de sa vie, Jérôme se sent légèrement supérieur à la mère de sa fille. Comme s'il avait un tour d'avance. Lui, il l'a connu le jeune homme aux yeux bouleversants, aux dents étincelantes, aux joues dorées, à la nuque ferme et fine, au corps agile, à la tignasse vigoureuse, aux mains délicates, au sourire lumineux.

Après s'être livré à l'inventaire posthume, Jérôme se voit contraint de se rappeler que de toutes ces merveilles il ne reste pas même des cendres. Que vont-ils mettre dans le cercueil que Paula regardera descendre dans la terre ? Jérôme ignore comment on procède en pareil cas. Cela arrive aussi avec les victimes d'accidents d'avion ou de catastrophes naturelles dont les corps demeurent introuvables. Il faut bien mettre quelque chose dans le trou. Alors un cercueil, oui, c'est le plus simple, mais avec quoi dedans ? Rien ? Des objets personnels ? Une photo ? Des cahiers d'écolier ? Les vêtements portés récemment ? À qui pourrait-il poser cette question ? Jérôme ne voit pas. Le plus simple serait d'interroger les gens des pompes funèbres, mais comment oser ?

La nuit est tombée. Les filles sont toujours dans la chambre, à fumer, à parler. Jérôme se demande s'il doit leur faire à dîner. A-t-on faim quand on a du chagrin ? Il lui semble que non. Dans les films, le héros malheureux repousse l'assiette qu'on lui tend. Jérôme se représente parfaitement la séquence. Ce qu'il se représente moins c'est comment il peut être aussi ignorant. N'a-t-il jamais eu de chagrin ? À cinquante-six ans, cela paraît impossible.

Jérôme se force un peu, il cherche dans sa mémoire et tombe bien vite sur une évidence : la mort de ses parents. Ça, songe-t-il, c'était triste. Le cancer foudroyant de Gabriel, et, quelques mois plus tard, Annette emportée par une pneumonie. Il avait à peine vingt ans. Il tente de faire resurgir les sentiments, mais c'est comme s'il disposait de trop peu d'informations. Comme si ces événements avaient touché quelqu'un d'autre, un proche, un ami qui les lui aurait racontés. Les scènes dont il dispose semblent tirées d'une dramatique télé : Gabriel dans son lit d'hôpital. Annette jetant une poignée de terre sur le cercueil de son mari. La même Annette, intubée, en salle de réanimation. Un cimetière l'été, le même cimetière l'hiver. Le bureau d'un notaire.

Bizarrement, le visage et la voix du notaire demeurent très présents, long nez d'aigle aux pores dilatés, yeux très petits et profondément enfoncés sous les arcades sourcilières, lippe épaisse et mâchoire redoutable, baryton basse vibrant avec lourd accent du Sud-Ouest.

– Qu'est-ce que ça veut dire, ça, enfant trouvé ? demande maître Coche, dans le souvenir de Jérôme.

Ce dernier hausse les épaules. Est-ce ainsi qu'il est désigné dans le dossier de succession ? Maître Coche insiste.

– Enfant trouvé ? Enfant caché, ça, oui, on connaît. Les juifs, pendant la guerre, ils ont dû cacher leurs enfants. Y en avait dans mon village. Y sont tous devenus catholiques. Mais, enfant trouvé, c'est quoi ça ?

Jérôme s'assied sur le canapé déplié et pose son menton dans ses mains. Lui-même s'est toujours présenté ainsi : enfant trouvé.

– À l'époque, disait Annette, on faisait pas tant d'histoires comme aujourd'hui. Bien sûr, on a fini par t'adopter, pour les papiers, pour l'héritage…

Chaque fois qu'elle prononçait ce mot, elle faisait de gros yeux blancs et battait des cils avant d'éclater de rire.

– Tu parles d'un héritage ! Mais pour nous, c'est ça que tu es, notre enfant trouvé, notre petit chéri des bois.

Elle lui caressait la tête avec sa grosse main charnue qui dégageait un persistant parfum d'ail. « Notre petit chéri des bois », répétait-elle avant de pousser un soupir profond, un soupir incompréhensible, car un soupçon de tristesse s'y mêlait toujours.

Jérôme connaît l'histoire, Gabriel et Annette la lui ont racontée chaque fois qu'il le demandait, et même quand il ne le demandait pas, comme si c'était une leçon à réviser, un rôle à apprendre, comme si c'était un mensonge.

C'était l'été, Gabriel et Annette se promenaient dans les bois, la fraîcheur tombait des arbres, tous les oiseaux chantaient (la remarque sur les oiseaux est d'Annette, qui considère que c'est un détail à ne pas négliger, un signe). Ils marchaient main dans la main, même s'ils n'étaient plus tout jeunes, parce qu'ils s'étaient rencontrés un an plus tôt et étaient très amoureux. « Des tourtereaux ! » précisait Annette d'un ton presque arrogant.

Elle avait entendu des brindilles craquer derrière eux, mais ne s'était pas retournée, elle avait pensé qu'un écureuil ou un faon les suivait et n'avait pas voulu l'effaroucher.

– Je me souviens très bien de la lumière, ajoutait-elle. Des taches de soleil partout, qui percent à travers les feuilles vertes, comme dans un conte de fées. Et puis, alors que nous allions sortir de la forêt, les bruits de brindilles ont augmenté, mais je ne me suis pas retournée. Je me suis dit que c'était plutôt un petit marcassin qui filait derrière nous. Ton père, lui, a toujours été dur d'oreille, faut pas lui en vouloir. Je ne me suis pas retournée, mais mon cœur s'est mis à battre très fort. Peut-être que j'avais peur. Peut-être que, dans mon imagination, le marcassin s'était transformé en sanglier qui allait nous renverser et nous piétiner. Je ne sais pas. J'en avais presque le souffle coupé, mais je ne me retournais pas et je ne disais rien à Gabriel. C'est alors que, juste au moment où nous avons franchi la limite du bois, j'ai senti une petite main dans la mienne. Dans ma main gauche j'avais la main de ton père et dans la droite, la main de mon petit chéri des bois.

À cet instant, elle marquait une pause. En grandissant, Jérôme avait donné un nom à ce silence, pour lui-même et sans jamais prononcer le mot à voix haute : la commémoration.

– Tu étais tellement sale et tellement beau. Tu es toujours beau, mais beau comme ça, comme tu étais à trois ans, tu ne peux pas l'imaginer. Sur les photos, ça donne pas. Les yeux verts, si grands, comme s'ils avaient avalé la forêt, et ton menton, levé haut, si fier, si têtu. Je me suis arrêtée de marcher. J'aurais pu m'évanouir, mais j'ai tenu, pour ne pas te faire peur. Ton père était surpris, il n'avait rien vu venir. Mais dès qu'il t'a aperçu, il s'est agenouillé devant toi et il a dit… – tu te rappelles ce que tu as dit, Gabriel ? –, il a dit, « Ben qu'est-ce que tu fais là, mon petit bonhomme ? », et, je ne sais pas pourquoi, ça m'a fait pleurer.

La police avait été alertée. Les recherches n'avaient rien donné. À la mairie, au commissariat, partout, les fonctionnaires s'étaient montrés d'une complaisance absolue. En 1956, la guerre était encore fraîche dans les mémoires, le besoin de réparation l'emportait. « Un enfant des bois se choisit des parents », c'était le genre d'histoire que les journaux avaient envie d'imprimer en première page. Gabriel et Annette s'étaient toutefois abstenus de faire quelque publicité que ce soit autour de cet événement. Ils avaient déménagé peu de temps après l'adoption, remontant du sud vers le nord-est, effaçant leurs traces à mesure, alors que personne ne les suivait. Ils se décrivaient comme bohèmes, et c'était aussi ce que disaient d'eux les rares amis qui surgissaient quelquefois du passé pour leur rendre visite. Jérôme n'avait aucune idée de ce que ce mot signifiait. Il avait lu dans un recueil de contes qu'une princesse possédait un vase en cristal de Bohême et en avait conclu que ses parents étaient fragiles, ce qui ne le rassurait pas. Parfois, Gabriel partait deux ou trois semaines, « pour son travail », disait Annette. Mais parfois aussi c'était elle qui partait et, dans ce cas, Gabriel ne donnait pas d'explications.

– Annette n'est pas là ?
– Non.
– Elle revient quand ?
– Bientôt.

Et comme son père n'avait pas l'air inquiet, Jérôme ne l'était pas non plus.

Annette et Gabriel étaient très différents des autres parents, ceux que Jérôme voyait à la remise des prix ou aux matches de foot. Ils étaient beaucoup plus vieux et ne parlaient jamais de choses anodines comme les maladies, le temps, les bons ou les mauvais professeurs. Ils n'invitaient personne à la maison et pourtant l'atmosphère n'y était pas morose. Il y avait toujours de la musique et des discussions. Jérôme ne comprenait pas comment ses parents pouvaient avoir tant de choses à se dire. Quelquefois ils se disputaient très violemment. Des objets se fracassaient contre les murs. Ils s'insultaient dans un charabia qui altérait leurs voix. Une porte finissait par claquer et le calme revenait aussitôt. Roulé en boule dans sa chambre, Jérôme se répétait l'expression « petit chéri des bois » comme pour se dessiner une couronne, un casque, pour ne plus rien entendre d'autre.

Aujourd'hui, il se demande ce qu'il a bien pu fabriquer dans ces fameux bois avant de trouver la main d'Annette pour s'y accrocher. Il ignore combien de temps il y a passé. S'il a survécu en rongeant des racines, si une maman loup l'a nourri de son lait. Adolescent, il avait posé la question à ses parents qui lui avaient répondu : « On ne sait pas tout. Et même quand on croit tout savoir, on se trompe la plupart du temps. Tu n'as qu'à imaginer que tu étais comme Mowgli ou Tarzan. Méfie-toi des gens qui ont un pedigree. » Jérôme ignorait, bien entendu, ce que ses parents entendaient par là. Pour lui, pedigree était un terme de concours canin. Il ne voyait pas le rapport.

Allongé sur le lit de Paula, il songe à tout ce qu'il n'a pas compris à temps, à tout ce qu'il ignorera toujours. Les mots traîtres, comme bohème ou pedigree, les histoires sans début ou sans fin, comme la sienne ou celle d'Armand.

C'est ainsi qu'il s'endort, sans faire à manger aux filles, sans manger lui-même, parce qu'il a du chagrin.

2

Paula frappe à la porte. Personne n'ouvre. Elle sonne. Pas de réaction. Elle donne des coups de pied, des coups de sac, elle appelle, elle crie. C'est une nuit glacée. Le taxi a mis longtemps à trouver à cause du brouillard. Pas une lumière allumée dans ces maisons de bouseux. Vingt-trois heures trente et tout est mort déjà. Quelle plaie. Elle aurait dû prendre un hôtel à Besançon. Elle frappe, cogne et crie de nouveau. Quel con, mais quel con, pense-t-elle. Il doit faire un bon gros dodo avec des boules Quies dans les oreilles. C'est tout lui, ça. L'homme qui n'entend rien. L'homme qui jamais ne bouge. C'est fou, je lui en veux encore. Le temps passe, mais il ne passe pas. Ma colère est intacte.

Jérôme se réveille en sursaut. Il entend frapper à la porte, regarde sa montre ; il est minuit moins vingt. Il s'est endormi et a oublié de déverrouiller, comme il l'avait promis. Vite aller ouvrir. Mais se rincer la bouche avant ? Non. Aller ouvrir tout de suite. Il se précipite dans le couloir, manque de glisser sur le tapis de l'entrée et se raccroche à la poignée qui cède sous son poids.

Le perron est vide. La rue déserte. Il a rêvé.

Paula arrive un quart d'heure plus tard. Elle donne un minuscule coup de sonnette, craignant de réveiller sa fille. Elle se sent ridicule avec sa valise. Elle aurait dû prendre un sac, mais tout est allé si vite.

Jérôme ouvre aussitôt.

Comme elle est vieille, pense-t-il.

Comme il est beau, se dit-elle.

Il se font une bise désolante et Jérôme invite son ancienne femme à entrer.

— Viens, on va poser tes affaires dans le salon. Je t'ai fait un lit dans le canapé. Je ne sais pas s'il est confortable, je n'y ai jamais dormi.

Paula regarde tout, curieuse, soudain excitée par cette escapade.

— Elle est bien, ta maison, dit-elle.

Jérôme est tellement surpris par ce commentaire qu'il dévisage Paula d'un air inquisiteur. Il l'examine et, du coup, la voit. Pas si vieille finalement. Pas vieille du tout, même, se dit-il en regardant sa poitrine toujours très haute, comme si ses seins souriaient. Elle porte un jean qui pourrait appartenir à Marina et ses cheveux sont courts et longs à la fois, brillants, bien plaqués autour de sa tête comme un bonnet d'enfant.

— Tu me trouves comment ? demande-t-elle en baissant les yeux.

Jérôme ne s'attendait pas à ça. Ni à une question pareille, ni au mélange d'émotions qui l'assaille. Il s'attendait à des reproches, à une rancœur fraîche.

— Laisse tomber, corrige-t-elle aussitôt. Je ne sais pas ce qui me prend. Je ne sais plus où j'en suis avec cette histoire. Ça a l'air tellement faux. Marina, tu crois qu'elle dort ? Il faut que je la voie. Ça me remettra les idées en place. Par moments, dans l'avion, j'avais l'impression que c'était elle qui s'était tuée. J'ai appris pratiquement dans la même phrase l'existence de ce garçon et sa disparition.

– Elle ne t'avait jamais parlé de lui ?

Paula secoue la tête.

Une fois de plus, Jérôme ne peut s'empêcher de goûter un sentiment de fierté frelatée. Comment son orgueil peut-il être aussi mal placé ?

– C'était un très gentil garçon, dit Jérôme. Très attirant.

Paula ouvre de grands yeux, interloquée. Jérôme réfléchit un instant et poursuit.

– Oui, attirant. À cause de sa peau. Et puis il avait un sourire très large, très joyeux. Je ne l'ai pas vu beaucoup. Marina et lui étaient tout le temps dehors, mais à chaque fois qu'on s'est croisés, j'avais… comment te dire ça ? Tu vas te moquer de moi. J'avais comme une boule au cœur.

– Une boule au cœur ? répète Paula avant d'éclater de rire.

Puis elle se plaque la main sur la bouche.

– J'ai honte. J'ai honte. C'est horrible. Pourquoi je ris comme ça. Mais c'est à cause de toi, aussi. Tu es tellement bizarre. Tu as changé. Tu vois quelqu'un ?

– Comment ça ?

– Tu as quelqu'un dans ta vie ? Une femme ? Un homme, peut-être ?

Paula rit de nouveau, se mord la lèvre, se prend la tête dans les mains.

– Il faut que je me calme.

– Tu veux voir Marina ?

Paula relève la tête, regarde Jérôme, longuement.

– Non. Pas maintenant, pas tout de suite.

– Tu as peur ?

Jérôme conduit Paula jusqu'à la chambre. Après avoir frappé sans recevoir de réponse, ils ouvrent. Dans le lit double, les filles dorment à angle droit. La tête de Marina repose sur le vaste ventre de Rosy.

– Ne la réveille pas, chuchote Paula.

Ils referment la porte, comme ils l'ont fait des dizaines de fois par le passé quand Rosy venait dormir à la maison, qu'il y avait école le lendemain et qu'il fallait leur dire toutes les cinq minutes d'arrêter de glousser et de bavarder. Les petites riaient encore plus fort, se cachaient sous les couvertures. Et puis, à la dixième visite, ils les trouvaient endormies, parfois enlacées, parfois tête-bêche ou, comme ce soir, en T, l'oreille de l'une sur l'estomac de l'autre.

– Le temps passe, mais il ne passe pas, dit Paula, de retour au salon.

En entendant ces mots, Jérôme se cogne le tibia contre le canapé. C'est la phrase qu'elle prononçait dans son rêve. Mais c'est normal, après tout, c'est une réflexion typique de Paula qui a toujours eu le goût des paradoxes.

– Tu veux manger quelque chose ? propose-t-il en se massant la jambe.

Paula sourit, les yeux brillants.

Toujours aussi gourmande, songe Jérôme, pris d'un désir soudain pour le corps défendu de son ancienne épouse. Ses mains tremblent de nouveau, comme

30

quand il lisait le récit de l'accident. Elles tremblent en ouvrant la boîte de sardines, en déposant un carré de beurre sur une soucoupe, en débouchant le vin. Il a chaud partout. Des images qu'il tente de repousser se précipitent dans sa tête. Armand et Marina enlacés, s'embrassant, nus. C'est insupportable, terriblement gênant. Il fronce les sourcils, comme si la grimace pouvait chasser cette vision. Mais il ne parvient qu'à la modifier et voit Paula dans les bras d'Armand. Paula, beaucoup plus petite, la tête contre la poitrine du jeune homme. La peau brune d'Armand, la peau rousse de Paula.

– Donne-moi ta veste, il fait chaud, dit-il en la débarrassant.

Elle porte un tee-shirt à manches courtes, et quand il découvre la chair de ses bras, nacre piquée de son, il voudrait y mordre, lui attraper le biceps comme un morceau de poulet et y croquer à pleines dents. Au lieu de ça, il plie la veste de Paula en deux, puis en quatre, puis en huit, comme s'il avait pour projet de l'introduire dans un sac à main. Elle le regarde faire, sourit encore, lui prend les mains, s'approche, colle son corps contre le sien et enroule ses bras autour de son cou.

Il voudrait lui rendre son étreinte, mais le contact de sa peau l'accable.

– C'est triste, braille-t-il dans un sanglot, le corps secoué par les pleurs. Malgré ses efforts pour se contenir, il vagit, la bouche tordue : Il va tellement nous manquer, ânonne-t-il.

Ses pleurs redoublent. Paula se détache de lui. Elle ne l'a jamais vu dans un état pareil. Quand elle l'a quitté, elle a craint qu'il ne s'effondre, mais il s'est toujours remarquablement conduit. « Je comprends tes raisons », disait-il, alors qu'elle ne lui avait pas fourni la moindre explication, alors qu'il ne comprenait jamais rien et que c'était justement pour cela qu'elle était partie. Parce que rien, jamais, ne l'atteignait. Comme s'il n'avait pas de sentiments.

Elle est bouleversée et jalouse. Que lui manquait-il, à elle, pour provoquer chez lui une peine aussi colossale ? Et si c'était elle qui était morte, serait-il à ce point éprouvé ? Elle sait que non.

— Tu as du pain ? demande-t-elle en s'asseyant à la table de la cuisine.

Jérôme se mouche, se passe de l'eau sur le visage.

— Pardon, fait-il en lui tendant une demi-baguette. Je ne sais pas ce que j'ai. Je me sens… je ne sais pas.

— Assieds-toi et mange, dit Paula. Et puis bois aussi. On va boire tous les deux. On va se soûler un peu.

Jérôme s'assied et goûte sur le bout de la fourchette que lui tend Paula un morceau de sardine sur un carré de pain beurré. Il n'a jamais rien mangé d'aussi bon.

Elle le regarde, l'inspecte, l'étudie.

— Qu'est-ce que tu as fabriqué pendant quatre ans ?

Jérôme sourit, renifle. Les larmes ont complètement reflué, il se sent badin, presque guilleret. Je suis fou, se dit-il, et comme il ne répond pas, Paula lui pose à nouveau la question.

— Qu'est-ce que tu as fabriqué pendant quatre ans ? Tu ne veux pas me le dire ?

Ils trinquent, vident leur verre.

– J'ai vendu des maisons, finit-il par répondre.

– Et à part ça, à part vendre des maisons ?

– Des appartements. J'ai aussi vendu des appartements… Et puis des terrains ! ajoute-t-il en trinquant de nouveau.

Paula déguste ses sardines. Elle aime tellement manger que la regarder donne de l'appétit. Entre ses dents, les poissons en conserve paraissent fondre comme la chair la plus raffinée.

– T'en as pas marre de ce métier ?

– Non, pourquoi ? Je me promène. Je vois des gens.

– Tu t'en fiches, des gens.

– Ah bon ?

– Tu ne t'en fiches pas ?

Jérôme réfléchit un instant. Il ne voit rien à opposer à ça. Aucun contre-exemple.

– Si, c'est vrai, je m'en fiche, avoue-t-il.

Un poids s'envole aussitôt de sa poitrine.

– Eh ben, ça fait plaisir, dit Paula d'un ton amer.

– Mais c'est toi qui l'as dit.

– Peut-être que je l'ai dit pour t'entendre affirmer le contraire.

Jérôme reconnaît la tactique de Paula, cette stratégie d'encerclement qu'elle a tant de fois exercée contre lui : commencer par mettre l'ennemi en confiance, le caresser dans le sens du poil, lui faire croire qu'on est de son côté, et soudain, volte-face, attaque, immobilisation.

– Pour Armand, c'est différent, murmure-t-il.

– Mais qu'est-ce qu'il t'a fait ? Tu es tombé amoureux, ou quoi ? Ça ne m'étonnerait pas du tout que tu retournes ta veste. Tu as toujours été bizarre. Bizarre avec les femmes, bizarre avec le sexe. Qu'est-ce que tu as fabriqué pendant quatre ans ? Moi, je me suis fait sept mecs, couché avec cinq, et deux juste un baiser, mais je les compte quand même.

Jérôme sent une douleur puissante s'insinuer dans son flanc, juste au-dessous du cœur. Un long poignard fouille son poumon gauche. Il voudrait sortir de la cuisine, quitter la maison, descendre dans la cour, ramper le long du parterre fané, se glisser par le petit portail, emprunter la ruelle, puis l'escalier qui monte derrière les maisons, marcher dans le froid, dans la nuit humide et parfumée par les arbres qui suent, emprunter la route cabossée qui mène à la forêt et courir dans les feuilles mortes, empêtré dans les ronces, trébuchant sur des troncs, s'affalant le nez dans une flaque, creuser sous les feuilles, entre les racines, dans la boue, se faire un terrier, y respirer sa propre haleine, se sentir aussitôt apaisé et s'endormir là, dans les bois, dans la terre, sous les feuilles.

Quand il était jeune, Jérôme ne voulait pas devenir agent immobilier. Au lycée, il avait bénéficié d'une entrevue avec la conseillère d'orientation. Elle lui avait demandé de lui décrire ses loisirs, ses goûts, de lui parler de ses passions. Il était resté muet un long moment, regardant ses tennis couvertes de terre, le bas de son pantalon souillé.

– Qu'est-ce que tu fais le mercredi, les weekends ? lui avait dit Mme Guillermet pour l'encourager. Jérôme sentait qu'il ne pouvait lui avouer la vérité, lui confier qu'il marchait des heures durant dans la forêt, à la recherche d'une clairière, d'un sous-bois où régnaient une paix parfaite, une lumière veloutée, un silence de nef ponctué par les menues paroles incompréhensibles des oiseaux. Il s'étendait parfois sur un lit de feuillage, se roulait dans les brindilles, creusait la terre du bout des doigts, d'abord timidement, pour finir par s'affoler et la gratter comme un cochon truffier, reniflant l'odeur emprisonnée sous ses ongles.

Construire des cabanes, s'était-il dit. Ça pourrait passer : j'aime construire des cabanes dans les bois. Mais ce n'était plus de son âge. Alors pour que Mme Guillermet, à bout de patience, cesse de tapoter sur le bois du bureau qui les séparait, il avait déclaré, d'une voix aussi ferme que possible, sans lever les yeux vers elle :

– Construire. Je voudrais construire des maisons.

– Architecte, alors ? avait-elle enchaîné dans un soupir de soulagement. Tu pourrais devenir architecte. Voyons un peu ton livret.

Après avoir examiné son dossier d'un air horrifié, elle avait déclaré d'une voix sèche :

– Tu te fiches de moi. Tu as vu tes notes ? Tu crois qu'avec une moyenne pareille, tu pourras devenir architecte ? Tu as déjà de la chance de ne pas avoir été orienté. Non, architecte, non, n'y pense même pas. 7 en français, 5 en maths... Va falloir revoir tes ambitions à la baisse, mon jeune ami. Voyons voir... Tu aimes les maisons ? Ben, t'as qu'à faire agent immobilier, tiens. Pas besoin de diplômes, pas besoin de savoir lire, à peine de savoir compter.

Jérôme s'était souvenu que l'agence immobilière de la petite ville où il se rendait chaque jour en vélo pour aller au lycée s'appelait GUILLERMET IMMOBILIER. C'était une large boutique blanche, face à l'église, à la vitrine toujours éclairée de néons, même par grand soleil. M. Guillermet y lisait son journal, les pieds sur son bureau. Peut-être songeait-il à sa femme, conseillère d'orientation, qui aimait, le soir, après dîner, le traiter de traîne-savate, de pauvre mec, de minus.

– Plusieurs femmes… commence-t-il, rompant le silence. Plusieurs femmes…

Mais il ne voit pas comment poursuivre cette phrase.

– Tu as eu des histoires ? Ou c'était juste un coup de temps en temps pour survivre ?

Jérôme est gêné, il a l'impression de n'avoir jamais eu de discussion aussi intime avec Paula. Il trouve ça vulgaire. Il imagine que c'est ainsi que les hommes se parlent entre eux quand ils font partie d'une bande de potes.

Une bande de potes, en voilà un grand mystère. Un de plus.

– Je me souviens qu'il y en avait pas mal qui te tournaient autour, reprend Paula, constatant qu'il refuse de se confier. L'institutrice, comment elle s'appelait déjà, celle qui portait toujours des bottes, même en été ? Tu sais bien, avec des dents de cheval ? Et puis miss Tornado 2000, la marchande d'aspirateurs. Celle-là, tu ne peux pas l'avoir oubliée !

– Maintenant, elle vend des machines à laver, remarque-t-il d'un air absent.

– C'est passionnant, dis-moi, cette promotion sociale par l'électroménager. C'est tout ce que tu trouves à dire ?

Jérôme inspire longuement et lâche :

– Plusieurs femmes m'ont tourné autour, comme tu dis, mais… Je n'ai pas su, je ne voyais pas comment… Alors bon.

– Impossible, déclare aussitôt Paula. Impossible. Tu mens. Ça n'existe pas.

Jérôme hausse les épaules.

– Tu as bien des pulsions, des rêves, des désirs ? Ça doit quand même te démanger parfois, comment tu fais ? demande Paula.

Jérôme se rend compte que « Je marche dans la forêt » n'est toujours pas une réponse satisfaisante. C'est pourtant la vérité. Il marche dans la forêt. Parfois, il croise un coq de bruyère, un blaireau, un renard. Les animaux ne le fuient pas. Ils s'arrêtent, s'approchent, le reniflent. S'il est vraiment certain de ne rencontrer personne, il marche à quatre pattes à côté d'eux, en grognant très légèrement. Cela ne dure jamais. Il ne veut prendre aucun risque. Il sait que, si qui que ce soit le surprenait, il en mourrait. Il ne pense jamais à ces promenades, ne les prémédite pas, s'en souvient à peine. C'est quelque chose qu'il fait, qu'il a toujours fait, mais qui ne doit pas exister, que personne ne doit connaître.

Paula et lui mangent et boivent en silence. Le temps passe, mais il ne passe pas, songe Jérôme. Quatre ans sans voir Paula, et soudain, ils sont à table ensemble, comme si rien n'avait changé. Comment a-t-il supporté de demeurer loin d'elle ? Il voudrait lui dire qu'elle lui a manqué, mais c'est faux. Il ne pense jamais à son ancienne femme, sauf en regardant les cartes météorologiques, le disque parfait du soleil planant comme une auréole immuable sur le sud. Et même dans ces moments-là, ce n'est pas à elle qu'il pense. C'est une rêverie purement climatologique, dénuée d'affect.

Pendant toutes ces années, il y avait le travail, les bulletins de notes que Marina rapportait comme des vêtements tachés impossibles à ravoir, puis ses amis qui débarquaient à la maison, leur musique, leurs jeux. Les mouvements incessants des jeunes, leurs rendez-vous, leurs rires, leurs voix trop fortes, exaltées, portées comme au théâtre, pour un public imaginaire. Leurs engouements, leurs détestations. Quelquefois, sa fille le quittait, pour une semaine, quinze jours, un mois. Elle allait voir sa mère. Ce vide brutal et répété le prenait toujours au dépourvu. Les yaourts se périmaient dans le frigo. Il laissait la radio allumée du matin au soir, même quand il partait à l'agence. Les émissions scientifiques le passionnaient, il prenait des notes qu'il archivait ensuite dans une boîte en carton. Il ne les relisait jamais, se demandait parfois si l'économie était une science et si ses fiches concernant le PIB des pays en voie de développement ou l'impact de la crise du logement sur les investissements boursiers méritaient de côtoyer son dossier sur les matériaux supra-conducteurs, les aphasies fonctionnelles, ou le cerveau des poulpes. Apprendre, avait-il entendu un soir au cours d'un débat consacré à l'œuvre d'Isaac Babel, était, selon l'écrivain, le meilleur remède contre la dépression. Était-il déprimé ? Apprenait-il vraiment quelque chose en écoutant des inconnus exposer leurs travaux ?

– L'enterrement est à dix heures, dit Jérôme en débarrassant la table.

– Tu connaissais les parents ?

– Non. Ils sont d'origine italienne, je crois. Je ne les ai jamais vus.

– Je me demande dans quel état ils sont.

– Je ne sais pas. Perdre un enfant...

– Perdre un enfant, répète Paula.

– C'est comme si on n'était plus tout à fait vivant, après ça. Tu ne crois pas ? C'est comme une maladie. Je me dis que si ça m'arrivait, j'aurais honte.

– Honte ?

– Oui. J'aurais l'impression que je ne peux plus être avec les autres. Comme si j'avais la lèpre. Ou alors, c'est le contraire. Je serais très supérieur. Je connaîtrais le pire de la souffrance. Après ça, les gens qui viendraient se plaindre d'un rhume, d'un redressement fiscal, d'une infidélité, j'aurais envie de les tuer. Je crois que j'aurais envie de tuer tout le monde en fait.

– Moi aussi, dit Paula, en entamant une deuxième bouteille. Moi aussi, je serais en colère. Mais je n'aurais pas honte... Ah, si, tu as raison. J'aurais honte d'être encore en vie. En fait c'est surtout moi que j'aurais envie de tuer.

– Comment savoir ?

– Je n'ai pas envie de savoir. Je voudrais que cette histoire n'existe pas.

– Comment faire pour qu'une histoire n'existe pas ?

– Ne pas y croire.

– Mais on est obligés d'y croire. Demain, c'est l'enterrement.

– Et si on n'y croyait pas, juste cette nuit.

– Il faudrait terminer cette bouteille.

– Eh bien, buvons, dit Paula en remplissant les verres.

– À tes amours, lance Jérôme en levant son verre.

– À l'amour en général, corrige Paula. Soyons généreux. Élevons le débat. C'est quoi, d'ailleurs, l'amour.

C'est Marina et Armand. Armand et Marina, pense Jérôme, mais il ne le dit pas.

– C'est quand on pense à l'autre en souriant. Quand on a tellement envie de prononcer son nom qu'on est prêt à raconter n'importe quoi pour le dire, pour l'entendre, déclare-t-il.

– Quand je t'ai vu la première fois, fait Paula, dont la diction commence à être légèrement altérée par la boisson, j'ai trouvé que tu ressemblais à Clint Eastwood. Quand je parlais de toi à mes amies, je disais Clint.

– C'est parce que tu étais amoureuse de Clint Eastwood, alors, remarque Jérôme. Sinon, tu aurais dit Jérôme.

Paula est frappée par ce raisonnement implacable.

– Alors je ne t'ai jamais aimé ?

– Non. Tu as aimé un acteur américain dont j'étais la doublure approximative.

– Et moi, de qui je suis la doublure ?

– Shirley MacLaine ! annonce Jérôme, étonné lui-même par la révélation. Il n'y avait jamais pensé avant.

Paula bat des mains. Ils rient. Boivent. Rient. L'idée qu'ils sont deux vieux démons dansant sur la tombe d'un ange traverse l'esprit de Jérôme. La cruauté, la victoire, l'horreur des années envolées, la jalousie, le sentiment d'injustice. « Rendez-nous notre jeunesse, hurlent les diables grisonnants. À l'âge qu'on a, on saura quoi en faire. » Et puis l'idée s'efface. Elle rejoint la tristesse égarée dans un coin de la nuit. Seuls demeurent l'ébriété, la chaleur des corps, la cuisine de nuit, le repas clandestin.

Après ça, ne sachant plus quoi faire, ils font l'amour. Ça se passe sur le canapé du salon. Dans la crainte que les filles ne se réveillent, dans l'indé-cence, le flou de l'alcool. Ça se passe dans le passé. Ils ignorent comment ils se sont dévêtus, ne regardent pas leurs corps éclairés par la lune. Les yeux fermés connaissent le chemin. Le S en braille, puis le E, le X et encore le E. Chaque geste en éveille cent, en éveille mille, jusqu'à retrouver le premier, avec sa maladresse et son élan. Ils ont cinquante ans, puis quarante, trente-cinq, trente, vingt-six, vingt et un. Ils viennent de se rencontrer. Ils se tiennent par la main et marchent depuis une heure, espérant que les kilomètres épuiseront leurs forces, apaiseront leur cœur, le débarrasseront de ce poids infernal, de cette nécessité affolante. Ils veulent croire que c'est à cause de la distance parcourue que leurs jambes vacillent, que leur pouls s'accélère, alors que c'est le contraire. C'est à cause de la distance encore à franchir qu'ils se tourmentent et s'affaiblissent. Ils n'ont plus aucun muscle, plus aucun tendon, ils se vident, le souffle court, la tête creuse. Mais où aller ? Jérôme partage une chambre avec un étudiant en mathématiques qui révise jour et nuit. Paula vit chez sa tante alitée à la suite d'un accident de vélo. La ville est fermée, aucune alcôve, aucun abri, partout des passants qui épient, des portes qui s'ouvrent, des badauds penchés à leur fenêtre. Les amoureux ne disent rien, sérieux, menacés, en mission, harcelés par le désir. Alors ils marchent encore, tragiques et endurants comme des exilés. La nuit s'épaissit, la ville s'effiloche, le dôme noir de la colline approche. Ils courent. Les maisons s'espacent, les champs s'ouvrent. Ils courent plus vite. Paula voudrait s'arrêter, là, dans un fossé, le faire tout de suite, très vite et qu'on en finisse avec cette joie encombrante. Mais Jérôme la tire derrière lui, accélère encore, voit les arbres se dresser au-delà des haies. Ils traversent un ruisseau, l'eau pénètre dans leurs chaussures, elle est glacée. Encore un pas et ils plongent dans la forêt. Ils n'ont pas assez de mains pour déboutonner, arracher, défaire, pas assez de bouches, pas assez de rien. Ils se dispersent, ne comprennent pas, rampent l'un sur l'autre et se séparent, la tête sur des bogues ouvertes, le dos sur un tapis de châtaignes.

3

Au matin, la scène est familière. Table du petit déjeuner, papa, maman, l'enfant. Mais tout est en désordre. Quelqu'un a donné un coup de pied dans le décor. L'enfant est sur les genoux de maman, sauf que ce n'est plus un nourrisson, c'est une jeune fille. Elle pleure, comme le ferait un bébé, mais un bibe-ron ne suffira pas à la calmer. Par-dessus sa tête, maman croque une tartine de confiture avec une expression froide ou mutine, difficile à dire. Papa les regarde, hébété.

– Faut que j'y aille, dit Rosy qui demeure exté-rieure au tableau. Je vais essayer de choper la pre-mière heure de cours, parce qu'on a DST vendredi. Je te photocopierai tout, ajoute-t-elle en s'adressant à Marina. Ensuite on a prévu de se retrouver au ter-rain de foot avec les autres pour aller ensemble…

Rosy ne termine pas sa phrase. Elle refuse de pro-noncer le mot « enterrement », le mot « cimetière » ; pas question de faire ce genre de concession à la mort. Elle lance un baiser de la main et quitte la maison.

Jérôme aurait préféré qu'elle reste, mais Rosy est

inflexible. Faut rien lâcher, se répète Jérôme. Elle a raison. Faut rien lâcher. Mais c'est déjà foutu. Contrairement à la jeune fille, il n'a aucune idée de ce qu'il est censé tenir. Il sent bien qu'il faudrait dire quelque chose, prononcer une parole décisive, mettre fin à ce petit déjeuner absurde.

— Tu m'aides à choisir une robe ? demande Marina à sa mère d'une voix claire.

— Bien sûr, mon chaton, dit Paula en caressant la tête de son enfant.

Elle ne regarde pas Jérôme. Elle n'a pas posé les yeux sur lui depuis qu'ils sont levés. Comme s'il n'existait pas. Il va donc falloir oublier cette nuit, lui trouver une place dans le dossier de l'inexplicable, de l'ineffable, de l'oubli.

Interdiction de se souvenir, scande Jérôme, comme s'il lisait cette formule sur le mur de la cuisine, et, soudain, il ne sait pourquoi, il éprouve le soulagement de celui qui s'est concocté une devise. Interdiction de se souvenir de ce qui blesse, de ce qui gêne. Car si on s'en souvient, on y pense, on en parle, on pose des questions et ça revient, ça rôde, comme un spectre.

Mais les corps rusés gardent la mémoire qu'on voudrait leur dérober. Les mains de Jérôme, dans la nuit, savaient trouver leur place sous les fesses de Paula et les fesses de Paula les accueillaient avec la douceur de l'habitude. Les pieds de Jérôme se souvenaient parfaitement des chevilles de Paula. Leurs peaux ne conservaient aucun grief.

C'est un jour de chagrin, songe Jérôme pour se raisonner. Quelque chose continue malgré tout à se

44

rebeller en lui. Le mot « fariboles » carillonne dans sa tête. Pourquoi le chagrin est-il plus important que tout ? Jérôme est révolté par cette idée. Et puis il pense à Armand, à la douleur de sa disparition et sent bien que c'est plus puissant, plus tangible, plus fixe et plus certain que tout ce qui l'entoure. Prenez un arbre dans vos bras et tirez vers le haut, tentez de le soulever. Voilà, rien ne bouge, c'est ça la mort, se dit Jérôme.

Au cimetière, ils sont les premiers. Marina s'accroche à la grille et pose la tête contre les barreaux. Le froid est tombé d'un coup du ciel sans nuages.

– Comment tu peux supporter ça ? murmure Paula à l'oreille de Jérôme. Un froid pareil en octobre.

C'est si aimable à elle de faire la conversation, pense-t-il, car ce qui est insupportable à l'instant, ce n'est ni la température, ni le tourbillon glacé du vent, pas plus que l'éclat aveuglant du soleil sur la pierre ; c'est leur enfant prisonnière de la détresse, les mains rougies agrippées au métal. C'est le tapis qui s'est dérobé sous leurs pieds, bouleversant la chronologie. La première fois qu'une jeune fille va au cimetière, c'est pour y enterrer un grand-parent, une vieille tante, son père, sa mère.

Jérôme répond à Paula que c'est un froid très sain, mais ses paroles sont couvertes par le ronronnement du corbillard qui grimpe la côte à contrecœur.

Marina se retourne, les yeux écarquillés, horrifiée par l'arrivée du véhicule. Jérôme monte son regard vers le ciel pour ne pas croiser celui de sa fille.

Paula se précipite pour recueillir le corps de son enfant qui s'effondre.

Nous n'y arriverons pas, se dit-il, à genoux, caressant la main de Marina évanouie. Si seulement elle pouvait rester ainsi, endormie dans les bras de ses parents et ne se réveiller que plus tard, bien plus tard, après que la terre aura recouvert la tombe, après que l'herbe y aura repoussé, après qu'elle aura trouvé un nouvel amour, après la naissance de ses enfants. Après.

Le cercueil est exposé devant la tombe. Tout autour, une forêt d'individus s'est dressée en quelques minutes. Ils sont arrivés à pied, en voiture, en mobylette, à vélo. Leur nombre ne cesse de croître. Tout le village est là.

Le père, la mère et les quatre fils qu'il leur reste se tiennent face à la foule. Les garçons, grands, costauds, aux cils infinis, aux lèvres pourpres ont l'air furieux. La mère regarde de côté, comme si elle attendait quelque chose ou quelqu'un. Le père, un peu à l'écart, est énorme, large comme un bahut de campagne dans son pardessus épais. Il ne cligne pas des yeux, ne respire pas. Un oiseau, qui l'a pris pour un chêne, s'est posé sur son épaule. Personne ne semble le remarquer. Jérôme voudrait attirer l'attention de quelqu'un sur cette apparition, il a l'impression que cela allégerait l'atmosphère, mais il sait que ce serait inconvenant ; c'est même inconvenant d'y penser. Pourtant c'est à cela, et à cela seulement qu'il pense, se demandant s'il s'agit d'un bouvreuil pivoine, d'une linotte mélodieuse, ou, tout simplement d'un rouge-gorge. C'est toi, Armand ? demande-t-il d'une toute petite voix, dans sa tête.

À droite du cercueil, les jeunes se tiennent par la main. Ils pleurent tous, en silence, garçons et filles. Marina est avec eux. Ses jambes ne la portent pas. Des bras se relaient, dans son dos, sous ses aisselles, derrière ses cuisses. Ses pieds touchent à peine le sol. Elle lévite.

Mathias, un grand dadais dont la tête dépasse celles de ses camarades, et dont la pomme d'Adam ne cesse de monter et de descendre dans son long cou maigre, a aperçu l'oiseau. Jérôme en est certain. Mathias donne un coup de coude à Denis et pointe le menton en direction du père d'Armand. Jérôme lit sur ses lèvres le mot « rouge-gorge ». La rumeur se propage parmi les adolescents.

Une autre rumeur, plus sournoise, se répand chez les villageois. « Où est le curé ? Vous avez vu le curé ? » Les agents des pompes funèbres échangent des regards embarrassés. Le chauffeur du corbillard s'avance timidement vers le père d'Armand et l'oiseau s'envole. Un « oh » déçu, soupir chanté à l'unisson, s'élève et meurt aussitôt dans l'air figé. Le père d'Armand fait un pas de côté et, de derrière son dos, comme d'une armoire, surgit une petite vieille en fichu noir, vêtue d'une longue cape. Menue, droite, sévère elle s'approche du cercueil sur lequel elle pose une main aussi légère et recroquevillée qu'une feuille roussie. Elle marmonne des paroles que personne ne comprend en secouant la tête. C'est une réprimande, et, tandis qu'elle s'agite, l'assistance s'inquiète.

« Ce n'est pas ainsi que l'on procède habituelle-
ment », ronchonnent les uns et les autres. La mauvaise humeur gagne. Ils voulaient un sermon, les
mots du paradis qui font rêver, ceux de l'enfer qui
font peur, ceux de la vie cueillie dans sa fleur qui
font pleurer et ceux de la justice divine qui soulagent.
Déjà, certains se séparent du cortège et quittent le
cimetière. Qu'est-ce que c'est que ce cirque ? Des
parents aux yeux secs, une sorcière qui maugrée. Un
enterrement de sauvage. Jamais vu ça. La vieille ne
se démonte pas. Elle lève les yeux sur la foule. Dévisage. Interroge. Qu'est-ce que vous faites là ? semble-
t-elle demander. Qu'est-ce que vous y comprenez ?

– C'est la grand-mère, murmure Zellie, la cais-
sière du boucher.

L'institutrice se fraie un chemin vers les jeunes.
Ce sont tous d'anciens élèves, du temps où l'école
fonctionnait en classe unique. Elle les embrasse l'un
après l'autre, les serre dans ses bras. Elle est à la
retraite depuis l'année dernière, mais elle habite encore
le village. Ses baisers claquent dans le silence.

– N'importe quoi, chuchote Mme Legrantier, la
postière. Toujours à faire son intéressante, celle-là.

Jérôme déplore ces commentaires malveillants.
Il aimerait posséder plus d'assurance, prendre les
choses en main. Il rappellerait qu'un minimum de
décence est requis et que, peu importe la forme de
la cérémonie, c'est le recueillement et la tendresse
qui s'imposent. Il se voit en sage, en patriarche.

Mais la vieille lui coupe l'herbe sous le pied.
D'une voix éraillée et puissante, elle articule avec
une lenteur excessive :

– *Una mattina mi son svegliata.*

Le chœur des jeunes enchaîne en chantant tout doucement :

– *O bella ciao, bella ciao, bella ciao ciao ciao.*

Puis de nouveau la vieille :

Una mattina mi son svegliata
Eo ho trovato l'invasor.

Le chant enfle, prend de la vigueur. Certains adolescents connaissent le couplet, et tous se joignent au refrain. La vieille donne de la voix et lève un poing crispé vers le ciel.

À la fin de la chanson, le cimetière est presque vide. Seuls demeurent les parents, les frères, les jeunes, Marina, Jérôme, Paula et un monsieur élégant qui se tient à distance, appuyé contre un arbre, semblant croquer la scène sur un carnet à dessin.

– Tu as vu, il n'y a pas de fleurs, murmure Paula à l'oreille de Jérôme.

– Ce sont des communistes, répond-il, comme si cela expliquait tout.

Devant la tombe ouverte où repose le cercueil, le père d'Armand parle longuement. Il s'interrompt parfois pour pleurer, ne se hâte pas, attend que les sanglots se calment et reprend. Il s'exprime en italien. Sans doute parvient-il à faire quelques plaisanteries, car, à trois reprises, ses fils sourient. Pour finir, il se tourne vers les jeunes et leur dit en français, avec un fort accent :

– Quand Armand est né. Sa maman lui a dit : toi, mon bébé, tu n'auras jamais de Vespa.

La mère se prend la tête entre les mains, ses fils l'étreignent.

Le père hausse les épaules.

Marina, qui a rejoint ses parents, renchérit :

— Moi aussi, j'étais contre.

Jérôme serre sa fille dans ses bras. Elle pose sa tête dans son cou et il sent les larmes chaudes ruisseler sur sa peau.

— On va y aller, suggère Paula.

— Je reste avec eux, fait Marina en désignant ses amis qui commencent à danser d'un pied sur l'autre pour lutter contre le froid.

Paula et Jérôme la regardent se fondre parmi les corps transis, les têtes hérissées, rasées, lourdes de tresses en désordre.

— C'est bien comme ça, dit Paula à Jérôme. C'est mieux. Elle a besoin d'être avec eux. Nous, on ne fait pas le poids.

Jérôme reconnaît le mélange de lâcheté et de subtile indifférence qui l'a toujours fasciné chez Paula. Une désinvolture qu'il ne connaîtra jamais. Lui, son truc, c'est l'imbécillité, l'esprit d'escalier, la lenteur. Ce n'est qu'une fois dans la voiture qu'il regrette de n'avoir pas salué les parents d'Armand. Mais c'est trop tard.

— Les chats ne font pas des chiens, lance-t-il en démarrant.

— C'est-à-dire ? demande Paula.

— Marina qui se choisit un communiste.

— Et alors ? Et puis c'est la famille qui était communiste. Peut-être que lui, il votait à droite. Comme tous ces jeunes bizarres. Ces jeunes qui votent à droite.

— Quand même.

– Quand même quoi.

– Mes parents étaient communistes et ma fille tombe amoureuse d'un communiste.

– Tu ne m'as jamais dit que tes parents étaient communistes.

– C'est parce que je ne m'en étais jamais rendu compte.

Les champs défilent de part et d'autre de la route, tapis parfaits, coussins moirés.

– Tu n'as pas pris le bon chemin, remarque Paula, au moment où ils bifurquent vers la droite.

– J'ai besoin de rouler un peu.

– Mon train est à treize heures.

– Tu ne veux pas le retarder ? Je pensais que tu resterais… Marina… Tu ne lui as pas dit au revoir.

– Oh, tu sais, à l'âge qu'elle a, les mères ne servent plus à grand-chose.

Les mères, pense Jérôme, servent à rester à la maison. Elles servent à dire : « Je voudrais te voir plus souvent. » Elles servent à être rejetées.

– Tu trouves que je suis macho ? demande-t-il.

– Oui. Non. Je ne sais pas. Il y a deux minutes, tu étais communiste.

– Non, pas moi. Mes parents.

– Qu'est-ce que c'est que cette histoire ?

– C'est l'histoire de ma vie, dit Jérôme, étonné par cet élan de lyrisme. L'enterrement de mes parents ressemblait exactement à celui d'Armand, poursuit-il. Il n'y avait pas de fleurs, pas de curé.

– Et une sorcière est sortie du taillis pour entonner un chant révolutionnaire ?

– Non. Il n'y avait pas de grand-mère. Il n'y avait pas de famille, pas de jeunes. À part moi. Sur la tombe de mon père, Annette avait prévu de chanter une chanson d'Aragon. Tu sais, celle qui fait *Il n'aurait fallu qu'un moment de plus pour que la mort vienne* ?

– Et alors, elle ne l'a pas chantée ?

– Elle n'a pas pu. Sa gorge était trop serrée. Elle m'a montré le papier où elle avait recopié les paroles. Il était tout froissé. On aurait dit un chiffon. J'ai lu le poème dans ma tête. Sur le moment, je ne me rappelais pas la mélodie.

– Et pour elle, comment ça c'est passé ?

– J'étais seul. Non, j'étais avec Matthieu. Tu te souviens ? Mon copain étudiant en maths. J'avais prévu de chanter la chanson, mais devant lui j'ai eu honte. J'ai gardé le papier en boule dans ma poche. Je ne pensais pas qu'il viendrait. Et quand je l'ai vu… Ça m'a touché et…

– Qu'est-ce que vous avez dit ?

– Rien.

– Rien ? Vous n'avez rien dit ?

– Si. Matthieu a parlé. Il a dit : « Tu ne prononceras plus jamais le mot maman. » C'était vraiment un scientifique. Sa réflexion était logique. Sauf que, ma mère, je l'ai toujours appelée Annette. Ça m'a quand même fait du bien d'entendre ça. Je ne sais pas pourquoi.

– C'est la vertu de l'erreur.

– Comment ça ?

– L'erreur est le plus sûr chemin pour atteindre la vérité. C'est toi qui me l'as expliqué. Il y a longtemps.

– Tu es sûre que tu veux partir ?

– Oui.

Jérôme opère un virage en épingle à cheveux, presque sans ralentir. La voiture fait une embardée. Paula s'accroche à la poignée au-dessus de sa portière. Elle est grisée par la vitesse, emballée par la fougue de son ancien mari, de son amant d'hier. Elle pose la main sur son genou, mais Jérôme se rétracte brutalement, comme si le contact l'avait brûlé.

– Oh, pardon, dit-elle.

– Pardon pour quoi ?

– Pour tout, répond-elle dans un sanglot, le premier depuis son arrivée. Pour rien. Pour cette vie de merde. Pourquoi on n'arrive jamais à s'entendre ?

Parce que tu es brutale, pense Jérôme.

– Parce qu'il me manque une case, dit-il. Il me manque un morceau.

Il aimerait tant qu'elle le questionne. Qu'elle prenne le temps de lui demander de quel morceau il s'agit. Qu'elle sache remonter le fil jusqu'au labyrinthe lumineux du bois qui l'a vu naître. Il voudrait qu'elle lui arrache la vérité, celle dont il ignore le premier mot. Qu'elle le torture pour qu'il avoue.

– C'est trop tard, maintenant, déclare Paula.

– Trop tard pour quoi ?

– Pour se parler. On aurait dû commencer par là, mais on s'est trompés. On a lu la carte à l'envers.

Jérôme se gare devant la maison. En haut de l'escalier, sur le perron, adossé à la porte avec la même élégance que dans le cimetière contre l'arbre, se trouve l'homme armé de son carnet de croquis.

– Qu'est-ce qu'il fait là, ce type ? demande Jérôme.

53

– Qui ça ?

– Le type en haut des marches. Il était à l'enter-rement.

– Peut-être que c'est un journaliste ? suggère Paula.

Ils descendent de la voiture et se dirigent vers l'inconnu.

– Bonjour, dit celui-ci en tendant la main à Jérôme. Je suis l'inspecteur Cousinet. Je peux vous parler ?

Jérôme fait entrer l'inspecteur de police et l'ins-talle au salon.

– Je vous laisse, annonce Paula. Je vais ranger mes affaires. Tu m'amènes au train ? On part dans vingt minutes.

– Ne vous inquiétez pas. Je n'en ai pas pour long-temps, dit Cousinet.

Jérôme s'assied face à l'inspecteur.

– Vous ne me demandez pas pourquoi je suis ici ? demande celui-ci.

Jérôme ne répond pas. Il grimace à peine.

– Vous avez déjà parlé à un inspecteur de police ?

– Depuis l'accident ?

– Non, depuis toujours. Dans votre vie.

– Non, jamais. J'ai parlé à des agents, pour les PV.

– C'est différent.

– J'imagine. Vous, je pensais que vous étiez peintre. C'est quoi ce carnet ?

– C'est mon carnet ! réplique Cousinet en riant.

– Vous dessinez ?

– Je dessine, j'écris, je gribouille les listes de courses. Vous n'avez pas de carnet, vous ?

– Pour quoi faire ?

54

– Je ne sais pas, moi. Noter vos pensées.

Je n'ai pas de pensées, manque de répondre
Jérôme. Mais c'est faux. Depuis la mort d'Armand,
il ne cesse d'en avoir. Cet épuisement qui l'accable
depuis quelques jours c'est ça, c'est à cause des pensées. Toutes ces hypothèses avortées, ces sentences
boiteuses, ces questions incongrues. Il n'a pas l'habitude.

– Vous voulez voir ? propose l'inspecteur en lui
tendant l'objet.

– Ah non ! s'écrie Jérôme, malgré lui.

– Ce n'est pas dangereux, ce n'est pas une arme,
dit Cousinet en riant de nouveau.

– Non, mais c'est… c'est intime.

– Tut tut tut. Faut pas confondre. Ce n'est pas
mon journal intime. C'est mon carnet.

– Et vous avez un journal intime ?

– Là, si je vous répondais, ça deviendrait intime.
C'est drôle comme question, vous ne trouvez pas ?

– Vous essayez de m'embrouiller. Vous ne croyez
pas que je suis déjà assez embrouillé comme ça.
Qu'est-ce que vous voulez ?

– Ah, quand même. On y vient. Félicitations ! Il
faut mettre le paquet pour éveiller votre curiosité.

C'est faux, voudrait répondre Jérôme. J'ai immédiatement été curieux de vous, à cause de vos vêtements, de votre attitude, et de ce fichu carnet. Mais
il éprouve une étrange fierté à passer pour un dur à
cuire.

– J'ai mes soucis, fait-il en essayant d'adopter un
air énigmatique.

– Tant mieux, tant mieux. Rien de tel que les soucis, s'exclame Cousinet, toujours aussi jovial. Donc, pour répondre à votre question, je veux vous parler de Clémentine Pezzaro. Ou plutôt non, non. C'est trop rapide. Je veux vous parler des jeunes.

– Des jeunes, en général ?

– Oui, en général. Et aussi en particulier. Je veux vous parler des jeunes qui disparaissent.

Paula passe la tête dans l'encadrement de la porte.

– Je suis désolée, mais…

– Le train n'attend pas, dit Cousinet en se levant lestement. Je ne vais pas vous déranger plus longtemps. Monsieur Dampierre, je passerai vous voir à l'agence, si vous permettez.

Jérôme reconduit l'inspecteur et le regarde coiffer un feutre à large bord qui achève de sophistiquer sa silhouette.

– Qu'est-ce qu'il voulait ? demande Paula dans le dos de Jérôme.

– Ça n'a pas d'importance.

4

C'est un matin blanc. Ciel opaque, givre, solitude. Une agence immobilière, même située sur la place principale d'une petite ville, connaît peu d'activité durant les matinées de semaine. Jérôme étudie distraitement ses dossiers. À gauche, les recherches, à droite, les offres. Les secondes correspondent rarement aux premières. Elles ne correspondent même jamais. Il vaut mieux ne pas avoir l'âme d'un marieur si l'on veut supporter l'inadéquation constante entre les demandes et les propositions.

À qui, par exemple, pourra-t-il vendre ce bâtiment en zone rurale, composé d'une grange en bois, couverture tôle, et d'une porcherie en torchis au toit d'ardoises, le tout sur un terrain d'un hectare ? Jérôme contemple la fiche et se dit que lui-même pourrait parfaitement y être heureux.

Sur la photo qu'il a prise, on distingue plusieurs essences d'arbres parmi ses favorites : un saule pleureur, trois bouleaux, un orme, un poirier ancien, des aubépines à foison le long d'une haie. Il pourrait aller au travail en vélo. Au printemps, les boutons d'or dérouleraient leur tapis lumineux sous ses fenêtres.

La nuit, par une lucarne découpée dans la toiture, il observerait les étoiles. Il aurait un âne et une chèvre dans un enclos. Pas besoin de faire venir l'eau ni l'électricité, il sait où se trouve le ruisseau le plus proche et il a toujours eu un faible pour l'éclairage à la bougie. Quarante mille euros. Il ne les a pas. Quel dommage. Alors que M. et Mme Rumidet, dont la fiche de recherche est en haut de l'autre pile, disposent, eux, de trois cent mille euros ; ce qui ne suffira pas pour acquérir le manoir, situé sur une hauteur et ne nécessitant aucuns travaux, dont ils rêvent.

Quel métier absurde, songe-t-il. L'idée du marieur lui revient. Pour que l'immobilier fonctionne mieux, il faudrait lui appliquer la technique des unions arrangées. Les futurs époux ne se plaisent pas, ne se sont même jamais vus, mais avec le temps, le fiancé se fera à la verrue que la promise a sur le nez ; de son côté, celle-ci finira par apprécier le mauvais caractère de son futur ; à force, il aimera les poils qui poussent sur les lobes d'oreille de sa femme, qui ne pourra plus se passer du regard chafouin de son mari.

Et si je faisais visiter la porcherie aux Rumidet ? se dit-il.

Sur la place du village, des hommes et des femmes circulent, en voiture, à pied, suivis d'un caddie, maniant une poussette. Je les connais tous, pense Jérôme.

Avec certains, il a été en classe, avec d'autres il a passé son permis de conduire. Il se rappelle le temps où les vieux étaient jeunes, où les mères de famille étaient des petites filles. Quand il croise les

58

uns ou les autres dans la rue, il les salue, mais chacun garde ses distances ; hors de question que le passé hypothèque le présent. On s'est tutoyés un jour, on se vouvoie maintenant. Les années de pensionnat, l'exil provisoire dans une ville voisine, les mutations ont contribué à construire de confortables murailles d'ouate qui séparent et protègent les anciens d'une même classe, les camarades de sport d'une équipe défunte, les compagnons de chasse reconvertis dans les balades solitaires en quad.

Cette femme aux cheveux roux virant au carotte sur les tempes, avec sa cigarette pendue à la lèvre et sa poitrine qui tombe sur son ventre pour ne plus former qu'une seule et unique masse que ses jambes maigres, chaussées de bottes de ski, peinent à porter, cette femme qui ne tourne même pas la tête vers Jérôme, il l'a embrassée sur la bouche à treize ans, les paumes vissées sur ses seins à la forme et à la consistance de mandarines. C'était derrière l'entrepôt du supermarché. Elle ne peut pas avoir oublié. Lui-même n'y pense jamais. C'est plus irréel qu'un rêve. Cela n'a aucun lien avec le reste de son existence, comme un épisode grotesque et inutile mais dont il garde la trace ; une trace si infime qu'à peine la silhouette évanouie au coin de la rue, il se prend à douter de l'anecdote.

— Bonjour, mon petit monsieur ! s'exclame une voix colorée d'accent.

Jérôme sursaute. Une grande femme brune aux cheveux courts, à la carcasse solide et au large visage souriant vient d'entrer dans l'agence.

– Bonjour, madame, répond-il. Qu'est-ce que je peux faire pour vous ?

– Mon petit monsieur, il va me trouver une petite maison, dit-elle en s'asseyant sans y avoir été invitée.

Elle enroule une jambe autour de l'autre, pose ses coudes sur le bureau, cale son menton dans ses mains et regarde Jérôme, les yeux écarquillés.

Une folle, se dit-il.

– Vous êtes américaine ?

– Oh, non ! Quelle horreur ! Américaine ? J'ai l'air d'une Américaine ?

– Je ne sais pas, j'ai dit ça à cause de votre accent.

– Vous n'y connaissez rien en accents. Je suis écossaise.

– Pardon.

– Accordé.

– Comment ?

– Je vous accorde mon pardon. C'est comme ça qu'on dit, non ? demande-t-elle en approchant encore son visage.

Elle a de très grands yeux noisette surmontés de sourcils fins comme ceux d'un bébé, marquant à peine son front, lui aussi immense. Une hure, songe Jérôme. Pas un visage, une gueule. Le mot trophée lui vient aussi à l'esprit, peut-être à cause des pommettes saillantes, des lèvres fines et bien dessinées, du long nez très droit, du menton volontaire.

– Qu'est-ce que vous recherchez ?

Elle s'adosse lourdement dans le fauteuil et écarte les genoux d'un coup, ce qui attire l'attention de Jérôme sur ses longues jambes maigres noyées dans un jean trop grand.

– Bah ! L'impossible, réplique-t-elle. Sinon, c'est pas drôle. Je cherche une maison petite, mais qui a une âme, avec des arbres centenaires, mais pas trop, des fleurs de carotte devant la porte et, si possible, un puits avec une chaîne et une poulie qui font hiiii-hiii-hiii.

Jérôme ne sait trop quoi noter sur la fiche.

– Vous êtes la première agence que je visite, indique-t-elle. J'ai habité à Paris, mais je n'aime pas finalement. Trop chaleureux. Pas assez indifférent. Là-bas, tout le monde est très gentil, tout le monde veut devenir votre ami. Moi je n'aime pas avoir beaucoup d'amis. J'aime l'espace. Je suis venue ici à cause d'un livre. *L'Année silex*, vous l'avez lu ? Ça se passe dans la région. C'est comme la préhistoire, le froid, le silence, pas d'hommes et beaucoup d'animaux. Vous aimez les animaux ? Moi, je les adore. Mais je les tue, si je dois.

Et soudain elle se tait. Jérôme n'a rien écouté, à part les deux dernières phrases. « Je les adore. Mais je les tue, si je dois. » Il espère qu'elle ne parle pas des hommes. Ou plutôt si, il espère qu'elle parle des hommes.

– Vous avez quelque chose à me proposer ?

– Si vous voulez, on va commencer par établir votre fiche. J'ai besoin de connaître vos nom et prénom.

– Mon nom, c'est Smith, comme tout le monde. Mon prénom, c'est Vilno, comme personne.

– Vilno Smith, répète Jérôme en écrivant.

– Je vous dis ma date de naissance ? demande-t-elle d'un ton ingénu.

– Ce n'est pas nécessaire pour l'instant.

– 20 avril 1960. J'adore ma date de naissance. Le 20, le 60 et avril, le meilleur mois, non ?

– Votre numéro de téléphone ?

– Vous ne voulez pas connaître la situation de famille ? Mariée ? Avec ou sans enfants ? Divorcée ? Veuve ?

Jérôme soupire aussi discrètement que possible. Il se demande ce qui lui vaut ce châtiment.

– J'ai un grand fils de vingt-trois ans qui termine ses études à Oxford, poursuit-elle. Il se prend pour un Anglais. Mais je n'ai plus de mari…

Vilno Smith laisse cette phrase en suspens, comme si elle hésitait à lui donner une suite. Doit-elle préciser davantage ? Elle décide que non. Referme ses genoux d'un coup sec, comme une vieille son porte-monnaie.

Jérôme se surprend à regretter le geste de sa cliente. Une nostalgie violente s'empare de lui à propos de cette histoire de genoux. Il ne sait pourquoi. Il voudrait qu'elle les ouvre de nouveau. Ce n'est pas sexuel, se dit-il. C'est plus profond.

Il songe après ça que s'il avait un carnet, comme l'inspecteur Cousinet, il y noterait : « Ce n'est pas sexuel, c'est plus profond. » Il voit bien comment il pourrait développer ensuite. Qu'y a-t-il de plus profond que le sexuel ? Pourquoi le sexuel est-il toujours resté, pour moi, superficiel ? Il pourrait devenir un intellectuel, à force. Cette idée le fait sourire.

– Pourquoi vous faites, cette tête ? demande Vilno Smith. Vous trouvez que je suis trop exigeante ? C'est vrai. Je suis très exigeante. Pour tout. Je ne comprends pas pourquoi on devrait se contenter de quelque chose qui ne convient pas.

– Tout à fait d'accord, dit Jérôme.

– Ça, c'est ce qu'on appelle une parole commerciale, non ? Vous faites semblant de penser comme moi pour me mettre en confiance et après vous pouvez me vendre n'importe quoi. Ah, et puis, j'ai oublié de vous dire. J'ai très peu d'argent.

– Ce n'est pas un problème, déclare Jérôme. La région n'est pas chère et beaucoup de gens cherchent à vendre à cause de la crise. Mais peut-être trouvez-vous que ce sont des paroles commerciales ?

– Je n'ai rien contre les paroles commerciales, en fait, remarque Vilno Smith. Ce sont même les plus sûres, quand on y réfléchit. Et je suis là pour affaires, non ? Alors, vous avez quelque chose à me proposer ?

Jérôme lui montre la photo de la porcherie au toit d'ardoises.

– Il n'y a pas de puits, précise-t-il.

– C'est dommage, mais ça me plaît. Le prix m'attire énormément.

Elle rouvre les genoux une seconde en disant ces mots, puis les referme presque immédiatement. Jérôme se force à ne pas baisser les yeux, à soutenir son regard.

– On peut y aller demain, si vous voulez, propose-t-il.

– Et pourquoi pas aujourd'hui ?

– Aujourd'hui, c'est impossible, fait-il d'un ton sévère.

Il faut qu'il lui résiste, qu'il ait l'air déterminé.

– J'ai des rendez-vous toute la journée, ajoute-t-il afin qu'elle n'insiste pas.

Et tant pis si elle n'est pas contente, tant pis si ça ne convient pas, comme elle dit.

– Alors demain, concède-t-elle en se levant d'un bond. Demain, dix heures.

– Demain, neuf heures, contre-t-il.

Elle fronce le nez et se tourne vers la sortie.

– Vous ne m'avez pas donné votre numéro de téléphone, dit Jérôme.

– Je n'en ai pas, réplique-t-elle sans le regarder.

La porte claque.

Jérôme regarde Vilno Smith s'éloigner, à travers la vitrine. Sa canadienne ouverte vole derrière elle comme une cape. On dirait une jument, pense-t-il. Ou une génisse. Ses paroles lui reviennent en mémoire. « Vous aimez les animaux ? Moi, je les adore. Mais je les tue, si je dois. » Elle ne parlait donc pas des hommes.

Il faudrait que je m'exerce, se dit-il. Que je m'exerce à écouter et à comprendre pendant que j'écoute. Je dois avoir un problème neurologique. Je stocke les informations sans les traiter et elles me reviennent avec un délai, quand il est déjà trop tard.

Sur le quai de la gare, une semaine plus tôt, Paula lui a dit : « Prends soin de toi, mon grand. » Et puis, après un silence : « Merci. »

Il comprend à présent qu'elle le remerciait pour la nuit, l'amour en braille, mais sur le moment, il n'a pas saisi. Il a cru qu'elle lui était simplement reconnaissante de l'avoir conduite à son train. « C'est la moindre des choses », a-t-il répondu. Pas étonnant, après ça, qu'elle n'ait plus donné de nouvelles. Il aurait dû la remercier à son tour, lui faire comprendre qu'elle lui avait rendu la vie, lui avouer que, grâce à elle, son sang, longtemps figé, s'était remis à couler dans ses veines.

Il se lève, ferme la boutique et se rend à la papeterie, de l'autre côté de la place.

– Je voudrais un carnet, s'il vous plaît, dit-il à Sylvie Deshuchères.

– Quel genre de carnet ? demande la papetière revêche.

Sylvie, pense-t-il. Petite Sylvie, si mûre pour son âge. Je me souviens de ton entrée au collège. Ton cartable était si grand, il dépassait de partout. Tu ressemblais à une femme-sandwich. Ne fais pas comme si on ne s'était jamais vus. Je ne suis pas le commerçant d'en face. Je suis le garçon de troisième dont tu étais amoureuse et pour qui tu avais écrit sur le mur de la buvette à la piscine « nos cœurs à jamais », ce qui ne voulait rien dire.

– Un carnet de notes, précise-t-il. Un petit carnet qu'on peut glisser dans une poche.

La papetière lui montre deux modèles, un à spirale et petits carreaux, l'autre relié avec des lignes. Jérôme choisit le premier, regrette aussitôt, mais ne le dit pas. Il paie et traverse la place dans l'autre sens. Son carnet glissé dans sa poche de poitrine est un cœur de secours, une annexe du cerveau. Ainsi armé, il se croit tout-puissant.

Il n'enlève pas sa veste et s'assied à son bureau, saisi par l'urgence. Il s'empare d'un stylo, ouvre le carnet et note la phrase avec les animaux qu'on doit tuer s'il le faut, puis celle sur le sexe, « Ce n'est pas sexuel, c'est plus profond ». Il s'attend à poursuivre, possédé par la rage de s'exprimer, mais il ne se rappelle plus les réflexions auxquelles ces déclarations étaient censées mener. Cinq minutes plus tôt, il était remarquablement intelligent, l'esprit en alerte, prêt à brasser les concepts les plus sophistiqués, à poser les questions qui seules révèlent la vérité, et voilà qu'à présent, à cause de ce satané carnet, il redevient idiot.

Il tente une expérience : d'un coup, il referme le carnet et le fourre dans un tiroir. Au bout de quelques secondes, les pensées se remettent en route. Les mots s'agitent, s'étirent, se télescopent. Ça bouge là-haut, se dit-il, satisfait de son cerveau.

Expérience inverse : ouverture du tiroir, du carnet. Et rien. La matière se dissout, son esprit est aussi blanc que les pages. Plus d'écho, plus de résonance, comme si quelque chose était cassé. Il reprend le stylo, approche la pointe du papier, espère un miracle.

Pauvre Marina, pense-t-il. C'est l'année du bac. Elle va devoir remplir des copies à la chaîne. Il ne se rappelait pas que c'était si difficile d'écrire. Pauvre Marina. Encore faudrait-il qu'elle aille à l'examen. Elle ne va même pas en classe. Elle campe dans sa chambre. Rosy la sermonne, lui apporte à manger, lui fournit des cigarettes. La maison ne désemplit pas. En une semaine, Jérôme a appris à connaître les amis de sa fille, qui, jusqu'alors, n'étaient pour lui que des silhouettes reconnaissables principalement à leur coupe de cheveux.

Il y a Mathias, le bègue aux yeux bleus et aux longues joues creuses, dont le crâne s'orne d'un fouillis de tresses sales. Il y a Denis, le petit à lunettes, doué en mécanique, qui vrombit plus qu'il ne parle et se rase la tête tous les lundis. Il y a Zoé, très maquillée, avec des pieds minuscules, d'énormes seins et des épaules qui remuent sans arrêt sur le rythme d'une musique intérieure incessante. Il y a Lola, dont le nez mange presque tout le visage, un nez comme un paquebot, fier, et qui sombre pourtant vers le menton, à pic. Elle se coiffe de manière très élaborée, plante des plumes, des crayons, des brindilles, des fleurs dans ses mèches, comme pour détourner l'attention du centre fascinant de son visage. Tous sont d'une incroyable gentillesse, serviables, polis, tendres. Ils appellent Jérôme par son prénom et, il ne sait pourquoi, ça le bouleverse. Il voudrait les en remercier, leur témoigner sa gratitude, mais il ignore comment faire, alors il leur prépare du café, des litres et des litres de café.

Les jeunes se relaient dans le couloir, Marina demeure invisible. Mardi dernier, Jérôme l'a croisée à la sortie des toilettes. C'était affreux. La haine qu'il a lue dans ses yeux.

Jérôme note : « La haine dans les yeux de Marina », et, cette fois, les mots coulent. Aucun effort à fournir. Son stylo n'est pas assez rapide pour suivre leur flot. « Elle voudrait que je sois mort à la place d'Armand. Elle voudrait être seule et que je ne lui rappelle pas son chagrin. Elle voudrait remonter le temps et en changer le cours. Elle voudrait être une autre à qui rien de tout cela n'est arrivé. » Jérôme relit. Il n'éprouve pas le moindre sentiment. Ces phrases sont inutiles. Elles n'ont aucun impact. Il se demande ce qui fait qu'une phrase vaut, ou ne vaut pas.

Alors qu'il a les yeux levés vers le plafond, comme si la réponse à cette épineuse question s'y trouvait suspendue, la porte de l'agence s'ouvre.

— Je vous dérange ? demande Cousinet d'une voix flûtée, son chapeau à large bord dans la main.

Jérôme se sent surpris en flagrant délit. Le rouge lui monte aux joues. Il dissimule le carnet sous un dossier d'un geste si violent que les documents qu'il contenait s'éparpillent sur le bureau et sur le sol, feuilles emportées par une tornade de honte.

— Mais, non, bredouille-t-il. Pas du tout. Entrez, entrez.

Cousinet s'assied en prenant soin d'ajuster les plis de son pantalon noir parfaitement repassé.

— Je me suis dit que ce serait plus simple de vous rencontrer sur votre lieu de travail. Je ne voulais pas vous déranger chez vous. Comment va votre fille ?

— Mal, répond Jérôme, surpris par la simplicité et la franchise de cette réponse.

— Mais oui, fait Cousinet, avec une compassion touchante. C'est terrible ce qui lui arrive.

— Je ne sais pas ce que je donnerais pour...

Jérôme s'interrompt, la gorge serrée.

— Vous voudriez que son chagrin lui soit épargné. Vous voudriez avoir mal à sa place et vous ne pouvez rien faire pour elle. Ces moments-là sont particulièrement âpres pour les parents.

Âpres, se répète Jérôme, silencieusement. Âpres, c'est le mot. Comment fait-il, cet inspecteur, pour trouver le terme adéquat ? Pour dire autre chose que « dur » ou « compliqué » ? A-t-il préparé cette entrevue en prenant des notes ? Jérôme est persuadé que le carnet de Cousinet est rempli d'expressions aussi élégantes que ses vêtements, de phrases bien coupées qui tombent comme un tissu dans le biais.

Il acquiesce.

– J'aimerais vous poser quelques questions, si ça ne vous ennuie pas, dit Cousinet.

– Je ne sais pas si je pourrai vous répondre. Je ne sais rien. Rien d'important.

– On croit ne rien savoir, dit l'inspecteur, mais la plupart du temps, on est étonné du contraire. La vérité est dans les détails. Dans les plus insignifiants détails.

En disant ces mots, il sort son carnet et un stylo à plume argenté, fin et élancé. Jérôme l'envie une fois de plus. Lui aussi voudrait avoir un beau Waterman.

– Vous vous souvenez de Clémentine ?

Jérôme secoue la tête. Ce prénom ne lui évoque rien.

– Clémentine Pezzaro ? précise l'inspecteur.

– Non, je ne vois pas. Quel rapport ?

– Avec Armand ? Je ne sais pas. Ou, plutôt, je ne sais pas encore. Clémentine Pezzaro a disparu le 27 août dernier. Elle fréquentait le même établissement que votre fille. Elle a quitté son domicile tôt le matin et n'est jamais revenue. La police a fait des recherches, la commune a organisé un genre de battue. Ça n'a rien donné. On a dragué l'étang, on a affiché sa photo. Vous ne vous rappelez pas ?

– J'étais en vacances. Avec ma fille. Nous sommes partis passer les quinze derniers jours d'août dans un hôtel, enfin, une sorte de club, en Sicile.

De nouveau, Jérôme se sent rougir. Pourquoi a-t-il ajouté cette histoire de « club ». Il se sent ridicule. Il fallait pourtant bien qu'il réponde. Il faut toujours répondre à la police. Être précis. Ne rien cacher.

– Votre fille la connaissait peut-être.

– Je ne sais pas. Qu'est-ce qui lui est arrivé, à cette gamine ?

– C'est ce que j'essaie de déterminer. Son père a déclaré sa disparition le lendemain. Puis il s'est rétracté. Nous n'avons plus de nouvelles de lui.

– Alors c'est sans doute qu'il l'a retrouvée. Pourquoi vous n'allez pas voir chez eux ?

– Il a quitté la région, répond Cousinet. Il avait un garage, un atelier qui réparait et vendait des motos d'occasion. C'est chez lui qu'Armand a acheté sa Triumph.

Une Triumph, songe Jérôme. Quel drôle de nom. Armand est mort triumphalement.

– Alors vous pensez... fait Jérôme d'une voix hésitante.

– Je ne pense rien, dit Cousinet, avec un sourire. Je cherche.

Il lève, à son tour, les yeux au plafond, comme si la réponse à l'énigme s'y trouvait suspendue, elle aussi. Au sol, les questions ; au ciel, les réponses, pense Jérôme, dévoré par l'envie de sortir son carnet pour y noter cet aphorisme qui l'emplit d'une gaieté fugace.

– J'ai une théorie, reprend Cousinet, après un silence. Ça vous intéresse ?

Sans attendre que Jérôme lui réponde, il poursuit.

– C'est une théorie qui concerne les jeunes. Plus précisément, la disparition des jeunes. Et, plus précisément encore : la disparition des jeunes en campagne.

– L'exode rural, s'exclame bêtement Jérôme.

Cousinet éclate de rire.

– Oui, oui, c'est un peu ça, si vous voulez. C'est amusant comme manière de voir les choses. Pas faux, pas faux du tout.

Jérôme est atterré par ce trait d'humour involontaire. Rire de la mort, comment est-ce possible ? Quel genre de peine pourrait s'appliquer à une faute pareille ?

– Ça fait bientôt quarante ans que je fais ce métier, dit Cousinet, après avoir repris son sérieux. En quarante ans, j'ai vu des milliers d'affaires. J'en ai résolu certaines. Peu importe. À force, il y a comme des thèmes qui se dégagent. C'est aussi une question de sensibilité. J'ai des collègues qui sont obsédés par les crimes passionnels, d'autres par les crimes d'argent, les conflits d'héritage. C'est comme avec les histoires, vous voyez. Pour certains, les contes de fées sont remplis de sorcières, pour d'autres de princesses, pour d'autres encore de chevaliers ou d'animaux qui parlent. C'est toujours la même histoire, mais selon l'observateur, le héros change. Dans ma carrière, les héros ont toujours été les jeunes. Les jeunes qui meurent, les jeunes qui disparaissent, surtout en campagne. Vous n'imaginez pas leur nombre. C'est stupéfiant.

Jérôme se promet d'utiliser bientôt cet adjectif : « stupéfiant ». Il pourrait jurer qu'il n'a jamais franchi ses lèvres, alors qu'il en connaît le sens, alors qu'il a sans doute eu, des centaines de fois, l'occasion de le prononcer.

– Et alors, c'est quoi votre théorie ? demande-t-il.

– Ah, je suis content d'éveiller votre curiosité ! Si vous voulez tout savoir, je suis à la retraite.

Cousinet se tait soudain et Jérôme ne comprend plus. S'il est à la retraite, pourquoi pose-t-il des questions. En a-t-il le droit ?

– Depuis quelques mois, je n'enquête plus pour l'argent, ou par devoir. J'enquête…

– Pour la beauté ? interrompt Jérôme sans réfléchir.

– Bravo ! s'exclame Cousinet. C'est ça ! C'est exactement ça ! Jérôme – vous permettez que je vous appelle Jérôme ? – vous me comblez.

Jérôme a très chaud. Il voudrait retirer sa veste, ses chaussures. La gêne lui donne des suées.

– La beauté ! répète Cousinet. C'est ça. Les jeunes disparaissent et, pour moi, ils sont comme les numéros dans un jeu de points à relier. J'ai l'idée qu'en traçant une ligne continue du 1 au 300, puis du 300 au 1 000, et ainsi de suite, le motif apparaîtra enfin. Un motif qui aura – qui sait ? – la forme d'un visage d'adolescent !

Jérôme baisse les yeux. L'inspecteur conçoit son malaise et se reprend. Il lit le langage du corps comme d'autres la musique ou le marc de café.

– Je sais ce que vous traversez, reprend-il d'un ton plus sobre. Je voudrais vous aider. Je fais le pitre pour vous distraire, mais j'ai tort. Ne croyez pas que ces pertes, ces disparitions, ces morts, m'amusent. C'est tout le contraire. Elles me peinent infiniment. Mais que peut-on contre la peine, si ce n'est lui opposer la compréhension ?

Jérôme garde les yeux baissés. Il se concentre pour ne pas oublier cette formule : la compréhension contre la peine. L'équation de ma vie, se dit-il.

– Je repasserai, dit Cousinet. Je ne vais pas vous embêter plus longtemps. Vous avez du travail.

Il se lève et, sur le pas de la porte, lance :

– Pour votre fille, pour Marina, pensez à lui parler. On ne parle jamais assez aux jeunes. Si elle vous repousse, ce n'est pas grave. Parlez-lui quand même. Elle attend sans doute que vous lui manifestiez de l'intérêt. Les jeunes sont très fragiles, très sensibles. Ils ont besoin d'énormément d'amour, d'une attention constante. C'est un peu comme les bonsaïs : petits dehors, grands dedans, et inversement. Cette démesure les fragilise considérablement.

Cousinet referme la porte derrière lui et Jérôme lève enfin les yeux pour le regarder s'éloigner, feutre sur le crâne, félin, comme s'il marchait en permanence sur la pointe des pieds. Il attend que l'inspecteur ait disparu à l'autre bout de la place pour tirer son carnet de sous le dossier.

Rien ne vient. C'est à cause de mon stylo, pense-t-il.

5

Jérôme arrête la voiture au moment où le soleil, qui a fini par percer les nuages une heure avant de se coucher, disparaît, avalé par l'horizon. Il se gare sur un chemin de terre à l'entrée de la forêt et attend, les mains posées sur les genoux, que la nuit tombe. Il songe qu'une mort parfaite devrait se dérouler ainsi, comme la fin d'une journée : derniers rayons dardés, ombres indigo, puis grises, ultimes éclats des couleurs, persistance des tons clairs dans l'obscurité – pause –, apparition des premières étoiles.

Mais la mort n'est pas comme ça. La plupart du temps, elle frappe d'un coup, inouïe, saugrenue. Existe-t-il encore des morts naturelles ? Les actualités sont farcies de catastrophes, d'accidents. Comment était-ce autrefois ? Jérôme n'en sait rien. Souvent il regrette qu'à ses interrogations ne répondent aucunes connaissances. S'il était médecin, historien, socio-logue, peut-être comprendrait-il davantage. Il se dit que sa fascination pour l'alternance du jour et de la nuit lui a toujours joué des tours. Certains voient la vérité dans les chiffres, lui, depuis l'enfance, l'a cherchée dans l'aube et le crépuscule, comme si cette double bascule constituait la métaphore absolue. Apparition, disparition, lumière, obscurité. Jérôme ne sort jamais de la dualité. Il est victime de l'illusion rassurante qui veut que l'on revienne toujours au même. Après la nuit le jour, après le jour la nuit, et ainsi de suite, sans fin, en cercle. Les morts, selon cette conception, devraient forcément finir par revivre. Il se rend compte qu'il passe son temps à attendre, que l'attente est son mode d'être le plus constant.

À l'instant où cette idée s'empare de lui, il s'éjecte de la voiture, claque la portière et se précipite sur le chemin en pente qui coupe la forêt en deux. Il file dans la nuit, trébuche sur une racine, s'aplatit au sol et continue en rampant. Ses mains se glissent sous le tapis de feuilles, son menton se râpe contre les cailloux qui affleurent, et sa joue se console sur un oreiller de mousse. Entraîné dans la descente, il roule sur lui-même, en long, en boule, les membres tantôt repliés, tantôt étendus, projetés loin du tronc ; il rebondit, perd la tête, oublie qui il est, les narines réjouies par le parfum des feuilles pourrissantes, les yeux fermés, le cœur serré pourtant, parce que lui qui ne se souvient de rien se rappelle comment il a appris à se déplacer parmi les éboulis, dans les anciens lits de ruisseau, au sommet des ronciers. Son corps possède la mémoire dont son esprit est dépourvu.

Quand il dégringole ainsi, il n'a plus d'âge. Aucune arthrose ne gêne ses articulations, aucun essoufflement n'empêche la course, son torse maigre s'enveloppe d'une pellicule douillette, sa peau de bébé retrouvée, élastique et souple, résiste à tout. En ville, il redevient l'homme de cinquante-six ans qui rechigne à grimper un escalier ; son dos craque et souffre dès qu'il se penche sans précautions, ses mains rougissent au froid, ses membres s'engourdissent s'il demeure assis plus de cinq minutes.

La lune repose au faîte d'un marronnier, comme sur le bord d'un calice. Jérôme s'immobilise, inspire longuement la fraîcheur de la nuit. L'air à l'oxygène raréfié l'enivre. Il écoute les pétales repliés dans leur sommeil végétal, et ceux qui, à l'inverse, se déploient pour accueillir les butineurs nocturnes. Il se sent à l'abri ; à la merci du froid, de la pluie, des morsures, mais à l'abri d'une menace plus sérieuse qu'il peine à identifier. C'est une menace ancienne dont il perçoit la présence à la manière des animaux qui connaissent leur prédateur, sans avoir de nom ni de visage pour lui. Une menace d'avant, pense-t-il, d'avant les parents, mais que leur arrivée n'a pas réussi à détourner.

La tête sur un silex creux, dont le cœur lisse et concave lui évoque l'articulation d'une hanche, il réfléchit à son séjour en forêt. Cela ressemble à la révélation qui frappe les enfants, entre quatre et sept ans, quand ils prennent conscience de l'existence d'un monde avant eux, du néant de leur être dans l'univers précédant leur naissance. Mais Jérôme ne ressent pas l'effroi nécessaire face à cette idée. Contrairement aux petits qui la réfutent avec autant de vivacité qu'ils s'y enfoncent, il se prend à jouer avec.

J'ai vécu seul dans un bois, se dit-il, et, pour la première fois, sa pensée chemine à partir de là. Il tente de s'imaginer, à l'aide des photos prises autrefois par Annette et Gabriel, comment il était à trois ans. Des yeux verts, obliques, plantés dans un visage plat, des cheveux blonds déjà hirsutes, le menton légèrement avancé, la bouche prête à mordre, un corps solide et nerveux, sans l'embonpoint des poupons. Il rôde à quatre pattes, entre les troncs immenses, se faufile de buisson en buisson, creuse des trous pour dormir, pour se réchauffer. Il grogne, joue avec ses doigts, avec ses pieds, observe les oiseaux, croque des coléoptères, suce des baies. Jérôme ne sait rien de ce temps. Il ignore sa durée, ses dangers, mais il sent – et cela l'inquiète, comme un vertige – qu'à chaque intuition, qu'à chaque image que son esprit propose, son corps qui n'oublie rien répond. Il ne s'appelle pas encore Jérôme, il est assis, au cœur d'un bouquet de fougères, chaudement vêtu, sérieux, le dos droit, attentif au bruissement des feuilles, au craquement des branches. Il attend. Des taches de soleil se déplacent sur le sol. Il les observe et sourit.

Jérôme étrangle un sanglot. Il pleure sur le petit garçon solitaire, l'enfant perdu, l'enfant des bois. Tout son être se crispe autour de ce souvenir qui n'en est pas un. Il voudrait serrer dans ses bras le corps vigoureux et confiant du bambin. Le chagrin déferle sur lui d'un coup, comme après une interminable poursuite. « Je t'ai trouvé, hurle le chagrin triomphant. Tu es revenu dans la forêt et tu es à ma merci. » Mais, presque aussitôt, à la manière d'une vague qui se brise et se retire, le chagrin recule, s'éloigne, s'estompe, laissant Jérôme plus seul que jamais.

La lune s'élève, et Jérôme reconnaît la face amicale abîmée de cratères qui le regardait s'endormir dans ses cabanes de feuilles. La même lune, songe-t-il. Un autre sol, une terre différente, d'autres arbres, mais la même lune, mon seul témoin. Lentement, avec difficulté, il se relève, époussette ses vêtements et gravit péniblement la pente en direction de sa voiture. Son souffle est court, son haleine dessine des ronds de buée dans la nuit. Il se tord la cheville et la douleur le fait grimacer. La peau de ses mains, meurtrie par les épines, saignotte par endroits. Le froid lui mange le nez, les oreilles, le bout des doigts.

Assis dans sa voiture, il allume la radio. Une voix de femme s'élève dans l'habitacle. Elle fait le récit d'une éclipse totale de soleil, évoque la lumière bleutée qui tombe sur les visages levés vers le ciel. C'est un souvenir d'enfance, elle prononce quelques phrases dans une langue étrangère, une langue slave et Jérôme isole le mot « kakda ». Il ignore sa signification, mais apprécie sa sonorité. Il le note dans son carnet et se promet de chercher sa traduction dans un dictionnaire.

Arrivé à la maison, il allume toutes les lumières, des bougies, le four. Il faut que ça chauffe. Son corps est glacé jusqu'à la moelle. Ses dents claquent, il a peur, se sent démuni. L'enfant de trois ans, l'enfant des bois s'est installé en lui et demande des comptes. « Comment je vais faire pour manger ? dit-il à Jérôme. Et pour dormir, sans couverture, sans lit ?

Comment je vais faire pour aller aux toilettes ? Il n'y a pas de cabinets, pas de pot, rien. Comment je me lave ? Comment je me réchauffe ? Comment j'arrête de pleurer sans personne pour me faire un câlin ? »

Jérôme secoue la tête, comme pour chasser un cauchemar. Il a honte de s'attendrir ainsi sur lui-même. Il se trouve mièvre et n'apprécie guère d'être envahi par un fantôme du passé aussi facilement identifiable. Je n'aurais pas dû écouter l'émission de psychologie à la radio, se dit-il. Quinze jours plus tôt, il avait entendu des auditeurs témoigner des retrouvailles avec eux-mêmes, de la plongée salvatrice dans le passé, de la tendresse qu'ils avaient appris à avoir pour l'enfant qui était en eux. Un homme à la voix feutrée et au zézaiement suave commentait en citant Freud, racontait l'histoire de l'homme au loup, évoquait le récit de la *Gradiva*. Jérôme avait souffert, incapable de prendre des notes sur la fiche qu'il avait préparée, blessé par tant de sincérité, par le flux de ces épanchements et l'atmosphère de compassion générale. Des mauviettes, avait-il songé sans développer davantage. Rien que des mauviettes. Et il avait jeté la fiche à la poubelle. À ce moment-là, Armand était encore vivant.

Entendant la porte de la chambre s'ouvrir, il se précipite dans le couloir.

– Marina ! appelle-t-il.

Il lui semble qu'il n'a pas prononcé son prénom depuis si longtemps.

Sa fille le regarde, étonnée, avec des grâces de fennec.

– Marina, viens voir !

Elle demeure immobile dans le couloir. Fronce les sourcils. Jérôme se souvient que c'est ainsi qu'il la détournait de ses caprices, quand elle était petite. « Marina, viens voir, disait-il, sachant que la curiosité de la fillette était plus forte que tout. Viens voir, j'ai trouvé un escargot ! – Viens voir, la lune est tout orange ! – Viens voir, il y a un reportage sur les orangs-outans à la télé ! » L'enthousiasme qu'il y mettait la convainquait de remettre sa crise de nerfs à plus tard pour profiter de la magie de l'instant, de la surprise, de la trouvaille.

– Viens, ma chérie, ajoute-t-il, d'une voix plus posée, la main tendue vers elle.

Marina recule d'un pas, lève les yeux au plafond pour refouler ses larmes et s'approche lentement de son père.

Ils s'étreignent et, au bout de quelques secondes, pleurent.

– Mon cœur, mon petit cœur, murmure-t-il en lui caressant la tête.

Il s'assied sur le canapé et la prend sur ses genoux.

– C'est terrible, dit-il. C'est injuste.

Jérôme sent les larmes de Marina lui couler dans le cou. Il lui tapote le dos, la serre contre lui. Il voudrait lui raconter une histoire, comme quand elle était petite. Il était une fois un garçon qui vivait dans les bois. Mais il ne peut rien articuler. Ses mâchoires sont soudées. Ils restent ainsi un long moment, secoués par les flots, à l'abandon, comme sur un radeau perdu au milieu d'un océan déchaîné.

Moi aussi, j'aimerais comprendre, lui dit-il en pensée, incapable de parler. J'aimerais trouver un sens et pouvoir te l'expliquer, comme les parents doivent le faire avec leurs enfants. Je voudrais te redonner espoir, te dire que tu es jeune, belle, la plus merveilleuse des jeunes filles, et que la vie, une vie longue et passionnante, t'attend. Il faudrait que tu me croies quand j'affirme qu'un jour tu serreras ton enfant dans tes bras et que plus rien ne comptera, que vous serez le monde, l'univers. Fais-moi confiance. La tragédie ne t'engloutira pas. Tu vas te relever, tu vas revivre.

Quelque chose dans le corps de Marina se détend, cède. Jérôme n'ose pas bouger. Elle s'est endormie. Il écoute son souffle hérissé de sanglots. Il caresse son dos, lisse les lambeaux de chagrin, chantonne une comptine ancienne qui lui servait à la bercer quand elle se réveillait en pleine nuit, bouleversée par un cauchemar. Une bougie crachote sur la table basse. Jérôme sourit. Tout vit, songe-t-il, hébété.

– Chut, elle dort, dit-il à Rosy en lui ouvrant la porte.

Il ne l'a pas laissée sonner. Dès qu'il a entendu la mobylette sur le gravier, il a déposé la tête de sa fille sur un coussin et s'est levé pour éviter que le bruit ne la réveille.

– C'est bien, acquiesce Rosy. Il faut qu'elle se repose.

Elle offre son large sourire mandchou à Jérôme.

– Tu peux rester quand même, si tu veux, lui propose-t-il.

– D'accord.

Elle accroche son casque et son manteau sur une patère dans l'entrée et précède Jérôme dans le couloir qui mène à la cuisine. Il admire sa solidité, sa poigne, le swing touchant de son corps obèse.

– On se fait un petit café ? dit-elle d'une voix de conspiratrice en se postant devant les plaques chauffantes.

– Non, il est trop tard.

– Qu'est-ce que vous avez aux mains ? lance-t-elle en détaillant les égratignures.

– Rien. Rien du tout. J'ai fait du jardinage.

– Vous avez désinfecté ?

Jérôme voudrait demander à Rosy si elle a un amoureux, mais il craint qu'elle ne le prenne mal, qu'elle ne pense qu'il veut la séduire. Alors il l'interroge sur ce qu'elle compte faire plus tard.

Rosy tire une pochette de son sac et dispose les objets qui s'y trouvent sur la table.

– Alpiniste, chuchote-t-elle.

Jérôme n'est pas certain que ce soit une plaisanterie. Il attend la suite.

– Ou danseuse étoile. J'hésite, ajoute-t-elle en introduisant du papier à cigarette dans une machine à rouler. Ça vous dérange ? demande-t-elle à Jérôme en lui montrant une boulette brune qu'elle commence à effriter sans attendre son accord.

De la drogue, songe-t-il. C'est de la drogue. Il n'ose pas lui avouer qu'il n'a jamais fumé. Il espère que ce n'est pas dangereux. Il se rassure en se disant que ce n'est sans doute pas de l'héroïne. Il se demande un instant ce qu'il a fait de sa jeunesse.

Dans quel monastère s'était-il replié durant les années 70 ?

— Tu n'es pas un peu jeune pour ça ? hasarde-t-il.

— Jeune ? Le shit, c'est quand même plutôt un truc de jeunes, fait-elle, d'un ton pédagogue.

— Et tes parents, ils savent ?

— Mes parents, répond Rosy le visage soudain fermé, je leur demanderai leur avis quand ils en auront un. Ça va vous faire du bien, poursuit-elle. Vous allez voir.

— Et Marina, tu lui en donnes ?

— Non. Hors de question. Un deuil, faut le vivre à fond. Pas d'alcool, pas d'herbe. Rien. Faut se prendre le truc en pleine gueule, souffrir jusqu'au bout.

Comment cette jeune fille a-t-elle pu avoir le temps de devenir experte en la matière ? Jérôme admire son assurance, sa détermination. Il voudrait savoir si elle a déjà vécu un drame semblable, mais à la place, il lui dit :

— Tu ne voudrais pas devenir médecin ? Plutôt qu'alpiniste ou danseuse. J'ai l'impression que tu serais un très bon médecin.

— Moi ? s'exclame Rosy en étouffant un fou rire. Moi ? répète-t-elle, les yeux écarquillés.

— Pourquoi pas ?

— Je passe un bac L, je vous rappelle. L, comme elle est nulle en maths.

— Alors, Marina aussi, elle passe un bac L ?

Rosy cesse de rire.

— Vous êtes sur quelle planète ? Vous ne savez même pas dans quelle filière est votre fille. Vous avez bien signé le papier, la fiche avec les vœux et la décision du conseil de classe ?

Jérôme ne se souvient pas. Il hausse les épaules.

— Je crois que c'est sa mère qui s'en est occupée, finit-il par dire, aussitôt honteux de cette lâcheté.

— Mais qu'est-ce qui se passe avec les parents, en ce moment ? s'emporte Rosy. Vous êtes tous devenus tarés, ou quoi ? Je pensais que les miens étaient des cas graves, mais…

— Bon, écoute, l'interrompt sèchement Jérôme. Si tu es venue ici pour me donner des leçons de conduite, tu peux repartir.

Rosy ne bouge pas. Tout en dévisageant Jérôme avec insolence, avec tendresse, elle roule délicatement son pétard et l'allume.

— Peut-être que je deviendrai médecin quand même, dit-elle en lui tendant le joint. Si ça vous fait plaisir.

Jérôme accepte, inhale maladroitement, tousse, inhale de nouveau.

— Il y a des moments, reprend Rosy, où on ne peut pas vivre le truc qu'on doit vivre. Vous comprenez ? Là, par exemple, être avec Marina. En vrai, on ne peut pas le faire, on ne sait pas comment le faire. Moi, c'est dans ces moments-là que je fume. Je suis sûre que dans la vie, il y a des trucs qui ne servent à rien. Pour Marina, c'est important qu'on soit avec elle, mais pour nous, c'est nul, ça ne doit pas figurer dans le registre.

— Le registre ? demande Jérôme en sentant ses joues se détendre, fondre, dégouliner sur ses épaules. Qu'est-ce que c'est que ça, le registre ?

Rosy tapote le bout de son index contre sa tempe et répète :

– Le registre.

Elle fume à son tour et roule ses yeux bridés en battant des cils.

Le registre, songe Jérôme, là où l'on enregistre, la caverne des souvenirs.

– Vous savez comment je fais, moi, quand c'est trop dur ? dit Rosy. Quand je ne peux pas vivre ce que je dois vivre et que même le shit ne m'aide pas ?

Jérôme secoue la tête et reprend le joint qu'elle lui tend.

– Je m'envoie dans l'avenir.

– Comment ça ?

– C'est une machine à voyager dans le temps. On l'a tous en nous. Il suffit de s'en servir. On pense simplement : dans une semaine, ce sera passé. Ou bien : dans un an, je serai remise. Ou alors, si c'est plus grave : quand je serai vieille, ça me fera rire.

– Mais parfois, on se trompe, non ? On s'envoie dans le passé au lieu de s'envoyer dans le futur. À ton avis, c'est la même machine qui sert à aller dans le passé ?

Rosy réfléchit, attrape le joint, inhale longuement, penche sa grosse tête ronde sur le côté, comme une fleur de tournesol.

– Non, pour le passé, il n'y a pas de machine. C'est là que je ne suis pas d'accord avec Jules Verne et les mecs comme lui. Pour aller dans le passé, il n'y a pas besoin d'engin, on le fait sans arrêt, naturellement. C'est comme si le temps était en pente : pour le passé, c'est la descente, pas la peine de pédaler. Pour l'avenir, c'est en montée, on a besoin d'un moteur.

– Vroum ! Vroum ! fait Jérôme.

Rosy éclate de rire.

– Vroum ! Vroum ! répète-t-elle. En voiture, direction l'année prochaine. Alors voyons, qu'est-ce qui se passe, l'année prochaine ?

Elle ferme les yeux, lève les mains au-dessus de la table.

– Contact ! murmure-t-elle.

– Contact ! répond Jérôme en tendant ses mains meurtries pour toucher le bout des doigts de Rosy.

– Je vois des feuilles qui tourbillonnent, déclare-t-elle d'une voix qu'elle s'imagine être celle d'un médium. Je vois une fille un peu ronde qui redouble sa terminale en S pour devenir médecin. Je vois un agent immobilier qui sourit sur le perron de son agence. Il y a une femme à côté de lui, une femme très belle, avec un panier au bras. Je vois Marina qui sourit devant la grille du cimetière. Un garçon lui porte son sac.

– Pourquoi elle ne le porte pas elle-même ? Elle est malade.

– Non ! s'exclame Rosy en ouvrant soudain les yeux. Elle est enceinte !

– Déjà ?

– Déjà, confirme Rosy, éberluée en écrasant son pétard. C'est fou. Ça vous a plu ?

– Je ne me sens pas très bien, dit Jérôme. J'ai envie de vomir.

– C'est normal, les visions, ça donne le vertige.

Il faut que vous vous allongiez. Allez vous coucher, je vais m'occuper de Marina.

Jérôme se lève, titube légèrement. Il s'appuie au chambranle. Tout tourne autour de lui.

– Dis-moi, Rosy, fait-il, la bouche pâteuse. Est-ce que c'est possible de passer de terminale L en terminale S ?

– Non, répond-elle, je ne crois pas.

La voix de Rosy tremble un peu en prononçant ces paroles. Il faudrait que Jérôme la console, qu'il trouve une solution immédiatement, qu'il appelle le rectorat, qu'il fasse le siège du ministère. Mais, au lieu de ça, il se dirige sans un mot vers sa chambre et s'effondre sur son lit.

Durant la nuit, Jérôme entend des bruits : un battant de cloche contre une paroi fêlée, un escargot qui entre et sort de sa coquille, des bûches qui tombent sur du sable, tout cela amplifié, fondu. Dès qu'il tente de relever la tête pour comprendre d'où vient le son, qui l'a produit, un cône de feutre s'abat sur son front et plaque sa nuque contre l'oreiller. À travers ses paupières, il distingue des lueurs, des ombres, la course d'éphémères autour d'une ampoule. Il voudrait ouvrir les yeux, mais ses cils ont été collés. Avec du miel, susurre la voix d'un rêve. Avec du miel ? se répète-t-il, à moitié conscient. Du miel sur les cils. Cette explication lui semble d'une logique saisissante, il l'accepte et se rendort.

Les jeunes, comme des lutins dont la malice est décuplée par le silence nocturne, s'affairent dans la maison. Rosy parle de Clémentine. Elle raconte à

Zoé et Mathias, qui sont arrivés pour prendre le relais, que Jérôme l'a interrogée.

– Qu'est-ce qu'il voulait savoir ? demande Zoé.

– Il était complètement pété, dit Rosy. Trop mignon. Il m'a dit que je ressemblais à un poney. J'aime bien l'idée. Il veut que je devienne médecin. Il m'a dit qu'il voulait payer mes études.

Elle pleure de rire.

– Il est amoureux de toi, affirme Zoé.

– Non, non. Il était juste pété et gentil. Et après il m'a demandé si je connaissais Clémentine.

– Et alors ?

– Ben, j'ai dû lui expliquer ce que ça voulait dire gothique, parce qu'il en avait jamais entendu parler. J'ai raconté la bague avec la tête de mort, les scarifications, tout ça. En plus, c'était hyperbizarre parce qu'il avait les mains pleines d'entailles, comme s'il les avait passées sous une lame de rasoir.

– Pourquoi il s'intéresse à Clémentine ? intervient Mathias.

– Je sais pas. Parce qu'elle a disparu. À cause d'Armand.

– Elle a pas disparu à cause d'Armand, corrige Zoé.

– Non, c'est pas ce que je dis. Je dis uno, il s'intéresse à elle parce qu'elle a disparu, et deuxio, à cause d'Armand, vu que lui aussi, enfin tu vois.

– Mais c'est quoi le rapport ? dit Mathias.

– Y en a pas. Mais je te répète qu'il était pété. Il s'est endormi à six heures et demie du soir, comme un bébé.

– Et Marina ? demande Zoé.

– Marina aussi, elle dort.

— On se boit une bière et on se barre ? propose Mathias.

— Et on danse cinq minutes, ajoute Zoé.

Le programme est exécuté avec rigueur. Décapsulage de bières, tintement de bouteilles, succion des goulots, piétinement de chaussures à semelles épaisses sur le carrelage, au rythme jailli d'écouteurs plaqués sur les oreilles.

À trois heures du matin, Jérôme s'éveille en sursaut. Il s'est endormi sur les couvertures, la fenêtre ouverte, il claque des dents. En voulant gagner la porte, il se cogne contre une table. Il inspecte la maison, tente de se remémorer la soirée. Marina n'est plus sur le canapé. La cire des bougies a coulé sur les meubles, les mèches se noient dans la paraffine. Ça sent le froid, le carton et la levure. La cuisine a changé de visage. Elle n'est pas en désordre, elle n'est pas sale, elle est différente, comme si une famille nombreuse se l'était appropriée l'espace d'un soir.

Jérôme pousse la porte de la chambre de Marina. Elle est couchée dans son lit, un châle à fleurs posé sur sa couette. Quelqu'un s'est occupé d'elle, songe-t-il, rassuré. Il repense au conseil de Cousinet : il faut prendre soin des adolescents, ils sont fragiles, comme des bonsaïs, ils exigent une attention constante.

Marina a grandi sans qu'il y prenne garde. Jamais elle ne lui a causé le moindre souci. Il se souvient que sa propre mère, Annette, demandait systématiquement, quand elle se rendait dans une jardinerie, si la plante qu'elle désirait acheter était rustique. Elle avait une façon étrangement soupçonneuse de poser la question, dévisageant le vendeur ou la vendeuse par en dessous, l'air de dire : vous n'avez pas intérêt à me baratiner là-dessus. Pour Jérôme, toutes les plantes étaient rustiques. Rustiques, ça voulait dire « qui vit à la campagne ». Mais un jour, sans doute parce qu'il avait eu un regard particulièrement inquisiteur en entendant Annette poser sa question favorite, elle s'était penchée vers lui et lui avait expliqué :

– Rustique, mon chéri, ça veut dire qui résiste. Une plante rustique, même si tu l'arroses pas, elle se débrouille pour capturer l'eau grâce à ses feuilles, si elle crame au soleil, elle se refait une santé durant la nuit. Rustique, ça veut dire qui ne meurt pas. C'est très important pour moi, mon Loulou, tu comprends ? Je ne veux pas que ça meure.

Peut-être que, contrairement à ses camarades du même âge, et grâce aux bénédictions muettes et d'outre-tombe de sa grand-mère, Marina avait échappé au lot commun. Elle était l'exception : une plante rustique parmi les bonsaïs.

6

Petit chat
Petit chien
Pim et pim et ratafoin
La chat fait miaou
Et le chien wouh-wouh !

Jérôme chantonne en patientant devant l'agence.
Il danse d'un pied sur l'autre pour éviter de se laisser pénétrer par le froid. Au bout de quelques minutes,
il prend conscience que sa chansonnette est stupide.
Il ignore d'où elle vient. C'est le genre de chose
qu'inventait Annette quand il était petit. Parfois, il
lui demandait une vraie chanson, *Comme bateau sur
l'eau* ou *À la claire fontaine*, mais elle n'en savait
aucune.

– Tout le monde connaît *Bateau sur l'eau*,
grondait-il, trouvant sa mère bizarre, n'appréciant
pas le halo de mystère qui la nimbait.

Il enviait ses camarades d'école aux mamans
jeunes, maquillées, pimpantes, normales, qui chantaient *Frère Jacques* et *Au clair de la lune*.

Pour le Noël de ses huit ans, il avait commandé *Le Grand Album des chansons de France*. Annette s'était pliée à son caprice. Aidée du disque glissé dans la couverture, elle avait tenté d'apprendre les classiques exigés par son fils. Mais rien à faire, ça ne rentrait pas. « Fais dodo, Colas mon petit lou, fais dodo, y a du bon glouglou. » Si elle respectait à peu près l'air, elle semblait cependant incapable de ne pas déformer les paroles. « À la claire fontaine, j'avais les pieds mouillés, j'avais pas de serviette, j'ai pas pu les sécher », chantait-elle d'une voix nasale, haut perchée et précise. C'était beau, mais ce n'était pas conforme.

– Tout ce qui est banal, il adore ! avait l'habitude de dire Annette en riant pour décrire le caractère de Jérôme. La saucisse avec la purée, un bouquet de roses, le chocolat au lait, le piano, la couleur rouge, les romans policiers.

Elle était fière de sa liste qu'elle récitait comme un artiste dévoile sa dernière œuvre, avec beaucoup de cœur et d'appréhension.

Dès qu'il avait été en âge de comprendre que l'adjectif « banal » n'était pas mélioratif, Jérôme avait entrepris de modifier ses inclinations. Il s'était forcé à aimer le foie de veau, les renoncules, le chocolat noir, le hautbois, le vert amande et la poésie symboliste. À treize ans, il s'était ainsi coupé, sans le savoir, de toute une génération d'adolescents qui le regardaient comme une bête curieuse. On le traitait d'intellectuel, de snob, de vieux. Qu'importe, être un original lui convenait mieux. La solitude dont il avait besoin pour mener sa double vie d'enfant sauvage comptait plus que tout. Il n'était pas souhaitable d'avoir trop d'amis quand on passait, comme lui, des journées entières à gratter le sol des sous-bois, à écouter les troncs craquer, à étudier les zébrures du soleil sur les souches et à recueillir la rosée déposée au creux des feuilles pour la boire, goutte après goutte.

– Je suis en retard, comme le lapin blanc ! s'exclame Vilno Smith en se plantant devant lui, sa canadienne ouverte sur un pull informe au décolleté insensé.

Qu'est-ce que c'est que cette histoire de lapin ? se demande Jérôme en lui tendant la main.

– Ça ne me dérange pas d'attendre, dit-il.

Il y a tant de vérité dans ce constat qu'il en demeure abasourdi, le regard captivé par les clavicules solides de son interlocutrice, son poitrail de guerrière aux côtes apparentes, ses petits seins goguenards.

tantalising

– C'est rare, remarque-t-elle. Très rare, de nos jours, quelqu'un qui n'est pas pressé.

Elle hoche la tête d'un air admiratif.

– Vous êtes un phénomène ! ajoute-t-elle, hilare, la hure fendue par un sourire solaire.

Jérôme n'écoute pas ce qu'elle dit. Il l'observe, comme s'il lui fallait décider à quelle espèce cette grande femme vigoureuse et franche appartient. Je n'ai jamais rencontré quelqu'un comme elle, songe-t-il, en cherchant à définir ce qui la distingue si radicalement des autres spécimens. Sa taille, l'absence de maquillage, sa façon de s'habiller, cet air d'indépendance, d'autonomie, comme si elle n'appartenait à personne et qu'elle n'était responsable de rien. Il n'est pas certain d'apprécier. Se tenir face à elle lui demande un effort. Mais quel genre d'effort ? Un effort d'imagination, car il sent que les codes habituels de la conversation ne lui seront d'aucun secours avec l'étrangère.

À une époque, pas si lointaine, où les maisons de campagne se vendaient comme des petits pains aux estivants des pays voisins, il avait eu affaire à des Allemands, des Hollandais, des Belges et des Anglais, mais c'était différent. Les acheteurs aisés ne le voyaient que comme un intermédiaire, un larbin dévoué que l'on traite avec égards en vertu d'une esthétique d'aristocrate, mais dont on n'irait pas jusqu'à penser qu'il porte en lui un cœur et un cerveau humains.

Jérôme sent que quelque chose chez Vilno Smith s'adresse à lui, comme si elle était aussi curieuse de la personne qu'il est que des propriétés qu'il compte lui faire visiter.

– On va voir la maison des cochons ? dit-elle.

– C'est ça. La porcherie. Vous voulez me suivre en voiture ?

– J'aimerais beaucoup vous suivre en voiture, mon cher monsieur, mais l'inconvénient, c'est que je ne possède pas ce genre de véhicule.

Où avez vous appris à parler ? a-t-il envie de lui demander.

– Alors je vais vous conduire. On pourrait y aller à pied, mais ça prendrait une demi-journée.

Il a souvent fait cette promenade. Il ne détesterait pas la faire avec elle. Grâce à ses enjambées de géante, ils traceraient leur sillon bien droit dans la lumière de l'est, elle à la proue, lui à la poupe, protégé des rafales matinales par les ailes de la canadienne ouverte.

Elle insiste pour monter à l'arrière de l'auto. Elle a toujours rêvé d'avoir un chauffeur.

– Si ça vous amuse, dit-il en regrettant aussitôt ce commentaire sarcastique.

Mais elle le prend bien.

– Oui, ça m'amuse beaucoup, monsieur Dampierre. Dampierre, c'est comme « dans une pierre ». Vous avez dû avoir un ancêtre emmuré vivant, ou alors c'était un colosse, un homme d'une force peu commune et dont les gens disaient qu'il était en pierre.

– Je suis un enfant trouvé, coupe-t-il.

Elle ne répond rien. Il regarde dans le rétroviseur et voit que les iris dorés de sa passagère visent les siens. Elle le scrute, sans plus rien dire.

Je lui ai coupé le sifflet, songe-t-il triomphalement. Mais sa victoire est de courte durée. Il aimerait qu'elle réponde quelque chose. Il se rend compte, sans comprendre pourquoi, qu'il est indispensable pour lui qu'elle réagisse à cette révélation. Peut-être n'a-t-elle pas bien entendu, se dit-il. Ou alors elle ne connaît pas l'expression. Peut-être que dans sa langue cela ne signifie rien. Il décide de poursuivre.

– Mes parents ne sont pas mes vrais parents, ou plutôt n'étaient pas mes vrais parents. Ils sont morts depuis plus de trente ans. Ils m'ont adopté. Le nom qu'ils m'ont donné n'est pas celui de mes ancêtres, mais celui de leurs ancêtres à eux…

Il s'interrompt brusquement. La question des ancêtres le tétanise. Il lui semble soudain absurde que son père ait hérité ce nom de qui que ce soit. Annette et Gabriel Dampierre, quelque chose sonne terriblement faux dans cet assemblage. Il regarde de nouveau dans le rétroviseur. Les yeux de Vilno Smith sont à présent tournés vers la fenêtre. Elle contemple les champs roux, noirs, kaki qui défilent. Jérôme se tait.

— C'est encore loin ? finit-elle par demander.

— Oui, non. En fait, je me suis trompé de route.

— Vous avez pris un rallongi ?

— Comment ?

— Un rallongi, c'est le contraire d'un raccourci. Moi non plus, je ne suis pas pressée, vous savez. Avant, j'avais très peu de temps et je faisais énormément de choses. Maintenant, j'ai beaucoup de temps et je ne fais presque rien.

— Et vous préférez quoi ?

— Je préfère maintenant. Je préfère toujours maintenant. On est mieux maintenant, non ?

— Comment ça, mieux ?

— Mieux que quand on était jeune, qu'on mettait des jeans trop serrés, mieux que quand on s'est marié. J'ai eu, jadis, une entreprise de bois. Je dirigeais cinquante-sept bûcherons. J'ai gagné pas mal de fric. Mon mari gagnait encore plus, mais il vendait des boutons.

— Des boutons ? répète Jérôme, craignant d'avoir mal entendu.

— Oui, des boutons. C'est incroyable, non ? Des boutons de chemise en nacre. De très jolis petits objets, mais un peu ridicules aussi. On ne s'entendait pas bien.

– À cause des boutons ?

– Non. Peut-être un peu, mais pas seulement. Un jour, à Londres où j'étais allée pour affaires, j'ai pris le métro. À l'époque j'aurais eu assez d'argent pour me payer un chauffeur, un vrai, mais je préférais prendre le métro, pour voir la tête des gens. Les sourcils des vieux messieurs, longs comme des cheveux, les coiffures des dames, comme de la meringue, les chaussures, les chaussettes… Alors voilà, j'étais dans le métro, il y avait beaucoup de monde. J'étais debout et, à la station Green Park, une bande de touristes s'est engouffrée dans la rame. J'ai reculé d'un pas et, au creux de mon genou, j'ai senti le poing serré d'un homme qui était assis juste derrière moi. Je n'ai pas bougé, lui non plus. Jusqu'à Victoria j'ai abrité sa main, là. C'était l'émotion la plus sensuelle que j'aie éprouvée en quinze ans. En rentrant dans le Norfolk, j'ai quitté mon mari.

– Et l'homme du métro ?

– Quel homme du métro ?

– Celui… avec le poing.

– Je ne sais même pas quelle tête il avait. Je suis descendue du wagon sans regarder. Mais on s'en fiche de l'homme du métro. Ce n'est pas lui qui est intéressant. C'est mon mari qui compte, mon mari qui n'avait jamais la main où il faut.

Et vous, vous savez toujours où les mettre, vos mains ? voudrait-il demander pour défendre le mari maladroit, tous les maris et tous les maladroits. Marre à la fin de ces femmes qui savent tout mieux que tout le monde, qui critiquent, qui trouvent toujours à redire. Qu'ont-elles de plus ? Qui leur a appris la vie mieux qu'à nous, qui leur a transmis ces secrets grâce auxquels elles <u>fanfaronnent</u> du matin au soir ?

– Vous avez été abandonné, alors ? lance Vilno Smith, au moment où Jérôme se gare sur le chemin de terre qui mène à la porcherie.

– Comment ? fait-il, encore agacé par l'anecdote du métro.

– Vous dites que vos parents vous ont adopté. Alors je conclus que quelqu'un, avant ça, a dû vous abandonner. Votre mère, comment on dit ? Génétique ? Biologique ? Elle s'est débarrassée de vous.

– Ça ne compte pas, dit Jérôme en sortant de la voiture.

Il va lui ouvrir.

– Pourquoi ?

– C'est comme le type du métro. Ma mère, je ne sais pas quelle tête elle avait.

– Sûrement la même que vous, dit-elle, heureuse de cette trouvaille.

Jérôme pose, sans y prendre garde, la main sur son propre visage, la joue, le menton, la bouche, les narines, le dessous des yeux. Il palpe le visage de sa mère à travers le sien. Aucune ride, les pommettes hautes, l'œil en amande, la peau légèrement jaune vers le milieu du front.

– J'ai eu sept avortements, lui dit Vilno. Pas un jour qui passe sans que je pense aux enfants que j'aurais pu avoir. La tête qu'ils auraient. Il y en aurait huit en tout aujourd'hui, si j'avais été une catholique fervente. Et, en un sens, je suis une catholique fervente, vu que j'y pense tout le temps. Mais dans un autre sens, je suis le contraire d'une catholique fervente, parce que je suis pour, ultra pour l'avortement. Je suis pour toutes les contraceptions, mais, en même temps, je pense aux bébés morts. On n'a pas le droit de dire ça, d'appeler ça des bébés, c'est politiquement incorrect. Je ne le dirais jamais à une autre femme. Je le dis pour moi. Et je le dis à vous, parce que vous êtes un homme. Parce que je suis sûre que vous n'avez jamais avorté. Je suis sûre de ne pas vous blesser.

Ma femme a avorté, songe Jérôme. Paula ne voulait pas d'un autre enfant quand elle est tombée enceinte pour la seconde fois. Elle disait que Marina lui suffisait, qu'elle ne saurait pas partager. Elle m'a demandé mon avis. Comme si je devais me faire l'avocat du bébé. Je ne savais pas quoi dire. Quand elle est rentrée après l'aspiration, je me suis rendu compte que finalement je pensais quelque chose, mais c'était trop tard.

– On discute bien tous les deux, vous ne trouvez pas ? fait Vilno en avançant sur le chemin, les ailes de sa canadienne déployées comme celles d'une raie.

Jérôme ne répond pas. Il se sent confus, pas à la hauteur. Il la regarde enjamber les barbelés prestement, se demande pourquoi elle n'a pas poussé la barrière en bois couverte de lichen. Il l'imite. Une pointe de métal se plante dans la jambe de son pantalon et déchire l'étoffe avec un bruit délicieux, dont il espère qu'il a échappé à sa cliente. La main glacée du matin s'insinue le long de sa cuisse.

— Attendez-moi, crie-t-il, craignant qu'elle ne brise un carreau pour entrer.

Vilno Smith enfonce la porte sans l'écouter, le cadenas cède, il ne sait comment.

— C'est pas fermé, lance-t-elle depuis l'intérieur de la maisonnette en torchis.

Lorsqu'il l'y rejoint, l'obscurité soudaine et totale le surprend. Ses yeux peinent à distinguer les murs, le sol, le toit. Il entend des brins de paille bruire au-dessus de sa tête.

— Je suis en haut, dit une voix.

Il cherche, tâtonne. Ses mains rencontrent les barreaux d'une échelle. Il monte. Une trappe s'ouvre au-dessus de sa tête. Le soleil du matin fuse à travers une lucarne percée en haut du pignon est. Dans le rayon oblique dansent des plumes, de la poussière de blé. Le sol est jonché de chiures d'oiseaux, de souris, de mouches. Se pourrait-il, se dit Jérôme, se pourrait-il que la marche du temps se soit inversée ? Nous sommes des enfants et nous jouons dans une maison abandonnée. Nous n'avons pas de secrets l'un pour l'autre. Nous hantons ensemble les greniers à foin et nous faisons semblant de fumer en glissant les minuscules tuyaux dorés entre nos lèvres. Nous aspirons à pleins poumons. Si peu d'air nous parvient que la tête nous tourne. On joue à tout, aux soldats blessés, au papa et à la maman, aux aventuriers perdus, au docteur. Nous jouissons du monde avant la chute, nous ne savons pas que nous sommes nus.

— Welcome to the master bedroom ! clame Vilno Smith. C'est ma chambre. J'ai le duvet pour fabri-

102

quer mon édredon, les crottes d'animaux pour améliorer l'isolation. Il n'y a aucuns travaux à prévoir, comme on dit dans les agences. C'est comme ça qu'on dit, non ? monsieur Dampierre.

Elle a une façon particulière de prononcer ce nom dont il s'est toujours senti coupé. Elle le décompose : « dans » et puis « pierre », elle lui donne le sens qu'il n'a jamais eu pour lui. C'est la vertu des étrangers que d'entendre des sons là où nous n'entendons plus, depuis la fin de la petite enfance, que des mots.

Il sourit et s'étonne de la sensation que cela lui procure. Comme si son visage avait perdu cette précieuse mimique et qu'il la retrouvait enfin, au bout d'un temps très long. Il se rappelle avoir ri avec Paula, avec Rosy, mais c'est autre chose. Le rire est convulsif, brutal, crispant. Le sourire apaise.

– Vous en avez de jolies dents ! dit Vilno Smith. C'est ça que raconte le Petit Chaperon rouge au loup, non ?

– Je ne sais pas. Je ne connais pas le Petit Chaperon rouge.

Vilno Smith éclate de rire.

– Vous ne connaissez pas le Petit Chaperon rouge ? Mais tout le monde connaît ça, c'est l'enfance occidentale, l'éducation globale, le trio qui résume tout mieux qu'Œdipe. Petite fille, loup, mère-grand.

Jérôme ne comprend rien à ce qu'elle dit. Cette femme le fatigue. Elle est trop grande, trop vive, trop sincère. Elle parle sans arrêt, elle n'a aucune pudeur. Assise en tailleur sur le sol souillé, elle joue à faire voler des plumes de la taille d'un ongle.

– Je connais l'histoire, finit-il par répondre. Mais je ne me souviens plus des dialogues précis.

Il ment. Il sait que le Petit Chaperon rouge s'exclame, « Comme vous avez de grandes dents », et qu'à cela, le loup répond : « C'est pour mieux te manger mon enfant. » Il refuse de tomber dans un piège aussi naïvement tendu. Il ne veut pas jouer, ni faire semblant. Il sait où cela mène. Pas question qu'il se laisse entraîner. Faribolés, faribolés, chante son esprit. Il n'est pas prêt pour s'amuser. Il se doit d'être affligé. Oui, c'est le sentiment juste. Il éprouve du respect pour sa propre affliction. Sa peine constitue un genre de zone sacrée. Elle exige un culte dont rien ne doit le distraire.

Il redescend, s'époussette, quitte la porcherie.

Dans le jardin où l'herbe de l'été a levé puis jauni, puis flétri, des toiles d'araignée horizontales, de la taille d'une paume de main, dessinent un parcours de trampoline mortel pour les moucherons. Jérôme s'éloigne en essayant de n'en piétiner aucune. Il admire le travail matinal de ces tisseuses qui ne chassent qu'à l'heure de la rosée. Il se dit : Voilà. C'est ça qui me plaît. Observer la nature, connaître les mœurs des insectes, des oiseaux, surprendre les saillies réflexes des vaches entre elles, la rêverie d'un lièvre au milieu d'un chemin. Nous nous serions si bien entendus, Armand et moi. Nous aurions planté et déplanté, repiqué, bouturé, sans un mot.

Le silence du garçon lui manque, sa douceur, sa constance. Il se prend à faire un calcul impossible. Disons que Marina aimait Armand cent fois plus que je ne l'aimais, moi. Son chagrin est donc cent

104

fois plus grand. L'immensité de cette peine le terrasse. Il ne voit pas comment un corps, le corps de
sa fille peut en contenir autant. L'absurdité de son
raisonnement l'accable. *depresseur*

Ses chaussures sont trempées, son pantalon aussi.
Il se sent impuissant et complètement désorienté. Des
phrases lui viennent, concernant la difficulté à vivre
avec les femmes, le combat que cela représente, les
sentiments que l'on doit sans cesse manifester, les
pauvres petits jeux de séduction, et puis après : la
maison de poupée, faire les enfants. Les faire, ça oui,
d'accord, le feu d'artifice, la fierté, les superpouvoirs,
mais ensuite, comme on se sent retranché, ralenti,
avec ces tâches répétitives, ennuyeuses, sans fin. La
façon dont on se parle, comme à un collègue, comme
à un infirmier, comme à un chien. Et pourtant, quatre
ans après la naissance de Marina, il avait rêvé d'un
petit garçon, un nouveau bébé, avec un gros ventre,
des grosses joues et un rire facile. Paula lui avait
laissé le choix. Elle n'en avait pas particulièrement envie, disait-elle, comme elle aurait parlé d'une
mousse au chocolat sur un menu, mais elle se lais-
serait tenter si lui le voulait assez fort. Vouloir un
enfant, qu'est-ce que ça pouvait signifier ? Les
enfants vous viennent et puis voilà, on ne devrait
pas poser la question. Il était d'accord pour que les
seins de Paula gonflent de nouveau, il était d'accord
pour l'odeur aigre du lait sur les draps, le tunnel de
feutrine que l'on creuse dans la nuit pour y bercer
un corps qui tient presque entier sur un avant-bras.
Mais un autre enfant ? Pourquoi ? Pourquoi un seul ?
Pourquoi pas douze ? Il avait manqué de rapidité.

Ce n'est qu'après que la nostalgie l'avait saisi. Un petit garçon, tout gentil, tout rond. Ou même une fille. Trop tard. Ils ne s'en étaient plus reparlé. Ils avaient si peu de temps et, dès qu'ils en avaient, ils étaient engloutis par l'épuisement. L'épuisement d'être ensemble, de se regarder, de construire.

Un après-midi, de retour d'une visite, il avait arrêté sa voiture devant un bar de campagne pour boire une bière en terrasse. Le soleil brillait, la folie printanière s'emparait des bourgeons. Une femme avait débarqué dans une Citroën immatriculée 75. Une Parisienne. Elle était exactement telle qu'on se l'imagine, fidèle à sa caricature : désagréable, pressée, élégante, sûre d'elle. Il n'y avait qu'une table dehors. Elle regardait Jérôme d'un sale œil ; il lui avait piqué sa place.

– On peut partager, si vous voulez, lui avait-il proposé.

Elle avait commandé une bière et s'était assise face à lui, un petit sourire aux lèvres. Il s'était senti beau, fort, absolument irrésistible.

Il n'avait aucune idée de ce qu'il pouvait lui dire, du genre de conversation qui plairait à la Parisienne. Il craignait par-dessus tout de déchoir. Alors il s'était tu. Ils avaient levé leur verre pour trinquer en silence et fait l'amour mentalement une douzaine de fois.

Quand il était rentré, Paula l'avait accueilli en lui disant : « C'est encore moi qui ai dû vider la poubelle. »

Jérôme avait pensé qu'il faudrait changer quelque chose, que la vie pouvait sans doute être plus plaisante. Mais il n'avait pas trouvé comment s'y prendre.

– Regardez, une cigogne ! s'écrie Vilno Smith dans son dos.

Jérôme lève la tête et voit l'oiseau blanc aux ailes gansées d'anthracite fendre le ciel bleu.

– Vous faites quoi, là, assis par terre ? demande-t-elle.

– Rien, je vous attends. Vous voulez qu'on voie l'autre bâtiment ?

– Non, ça me convient très bien. C'est exactement ce que je cherchais.

– Impossible.

– Pas du tout. Pourquoi vous dites ça ?

– Parce que ça n'arrive jamais. Pas à une première visite. Et puis même, quand les gens finissent par trouver, il y a toujours un truc qui cloche, un défaut, un regret. Par exemple, ici, il n'y a pas de puits.

– Il y a mieux qu'un puits. Il y a un marais.

– Où ça ?

– Par là, fait-elle en direction de l'est. Ça sent le marais. J'ai vu des ajoncs depuis la lucarne.

– Il n'y a pas de marais. J'habite ici, vous savez, et je marche beaucoup. Il n'y a pas de marais.

– Si, il y en a un. Ou alors il y en a eu un, mais ça revient au même.

– Pourquoi vous aimez tant ça, les marais ?

– Je ne dis pas tout. Il faut y aller doucement avec vous. Vous un êtes un petit provincial à l'esprit étroit.

Elle dit ces mots sans méchanceté, à la manière d'un ethnologue établissant un constat.

C'est vrai, pense Jérôme, mais il ne voit cependant pas comment il pourrait en convenir. Il aimerait être agressif à son tour, lui dire que la cigogne qu'elle a cru voir est en réalité un héron cendré, et que ce qu'elle prend pour un marais n'est qu'un étang artificiel creusé entre trois carrières.

— Ce n'est pas à cause de la province, dit-il. Il y a de tout en province, comme ailleurs. Il y a des imbéciles, des sages et des originaux, exactement comme ailleurs.

— Alors c'est à cause de quoi ?

Jérôme ne répond pas à cette question.

— Il y en a au moins pour trente mille euros de travaux, estime-t-il. Il n'y a ni eau ni électricité. Cette porcherie est un gouffre financier.

— C'est votre méthode de vente ?

— Quoi ?

— Ce que vous faites, là, dénigrer, c'est une méthode ?

— Non, c'est la vérité. C'est ce qui est écrit sur ma fiche. Prix de vente : quarante mille euros. Coût minimal des travaux : vingt-cinq mille euros.

— Et comment ils faisaient avant ?

— Comment ça, avant ?

— À l'époque où il n'y avait jamais ni eau ni électricité dans les maisons. Au dix-huitième siècle, et même au dix-neuvième.

Elle ne me lâchera pas, songe Jérôme. Elle cherche à m'encercler. D'abord avec ses confidences et maintenant avec ses cours d'histoire. Je dois m'échapper, j'ai besoin de prendre des notes dans mon carnet. Je veux être seul. Un arbre, la forêt, courir. Seul.

— On rentre, dit-il en se relevant pour se diriger vers la voiture. J'ai d'autres rendez-vous.

Jérôme tâte ses poches à la recherche de sa clé. Elle n'y est pas. Ni dans sa veste, ni dans son manteau, ni dans son pantalon. Elle a glissé, elle a disparu.

– Qu'est-ce qui se passe ? demande Vilno.

Il jure. Donne des coups de pied dans les pneus, marche à quatre pattes le long des barbelés, fouille les herbes couchées, jaunies, mortes. Ses doigts s'engluent dans des mousses, des boues, des dortoirs souterrains où les larves attendent la belle saison serrées les unes contre les autres.

– Vous ne trouvez plus vos clés ?

Sans répondre, il se relève et s'engage sur le chemin, s'éloigne de la porcherie, de sa voiture, traverse la route, coupe à travers champs. Il ne se retourne pas, ne veut pas savoir si elle le suit, certain qu'elle est à ses trousses, résigné à subir son assaut. Parfois il court, puis ralentit avant de s'essouffler, pour prendre le temps de goûter la lumière. Un pinceau jaune vif barbouille les pommes tardives d'une teinte presque fluorescente sur un ciel menaçant chargé d'acier. Les premières gouttes, espacées, larges et lourdes comme des cerises, se mettent à tomber alors que le soleil illumine encore les prés, honore chaque caillou d'un chapeau pointu qui scintille. On croirait un orage d'été, sans vent. L'eau tombe droit et dru. Manque le tonnerre, manquent les éclairs.

Jérôme marche très lentement à présent. Il sait qu'il ne peut lutter. Qu'il sera trempé quoi qu'il fasse. Vilno Smith a eu la sagesse de ne pas le suivre. Elle doit s'être réfugiée dans la cabane en attendant son retour ou l'arrivée d'un dépanneur. Elle possède l'esprit pratique qui fait défaut à Jérôme. Elle a examiné le ciel, y a lu l'avenir météorologique dans le gris des nuages.

Mais peut-être s'est-elle perdue. À l'endroit de la fourche, là où se dresse une borne ancienne au pied de laquelle glisse toujours un gros bourgogne, même par temps chaud. C'est un escargot au parcours orbital, à la présence inexplicable, à la constance inespérée. Jérôme a pris le temps de vérifier que le gastéropode était là, à son poste, au moment où il a obliqué vers la droite.

Elle a dû prendre à gauche. C'est le sentier le plus évident, large et joliment creusé entre les haies, à ceci près qu'il ne mène nulle part. Autrefois, il desservait l'entrée secondaire d'un château, mais le propriétaire y a mis le feu, il y a quinze ans de cela, pour toucher l'assurance. Jérôme avait eu la chance de le visiter avant la catastrophe. Des poutres peintes : langues de dragon, rubans liant des fruits gâtés par les vers à bois ; des trumeaux abritant des idylles entre des bergers et des soubrettes, entre des cerfs et des biches, et même, au-dessus d'une porte plus petite, qu'il avait identifiée comme celle du cabinet funeste de Barbe-Bleue, entre un satyre et une nymphe aux longues oreilles de lapin. Sans doute un faux, un pastiche, la plaisanterie d'un érotomane peintre du dimanche. L'incendie s'était déclaré, comme il se doit, au cœur de la nuit. Le lendemain soir, il ne restait rien. Aujourd'hui, lorsqu'on atteint le bout du chemin, une pancarte, ornée d'un point d'exclamation étrangement menaçant, interdit de poursuivre. Jérôme ignore qui l'a posée et pour quelle raison. Il n'y a aucun danger, rien à voler ni même à voir, sauf peut-être le mensonge de l'héritier ivrogne et solitaire qui a troqué des siècles de romance contre quelques années de boisson.

Vilno Smith s'abrite des gouttes comme elle peut, pense-t-il, assise entre les pattes vénérables d'un marronnier immense. Elle le maudit. Elle pleure de rage. Elle attrape la mort. C'est lui le responsable.

Jérôme ne voit pas, dans sa rêverie coupable, la main de Vilno se refermer sur la clé de voiture dans la poche de sa canadienne. Il ne peut se l'imaginer, blottie dans la chaleur que le foin a emmagasinée durant l'été. Elle s'est introduite dans l'autre bâtiment qui sent bon la pomme pourrie. Elle rit de sa plaisanterie, feint de s'en vouloir pour la pluie qui poignarde la terre, pénètre les vêtements, se glisse dans les cols, et suinte à présent sur les épaules, le dos et les reins du pauvre agent immobilier.

– Ha ! lance-t-elle, victorieuse vers le toit qui laisse couler de minces filets d'eau.

Son cri réveille une chouette de Tengmalm endormie dans la charpente. L'oiseau furieux s'ébroue, perd quelques plumes, se déplace de cinquante centimètres et se rendort.

Lorsqu'il arrive par la ruelle à l'arrière de chez lui, Jérôme a les joues écarlates. Il ne sait plus s'il a chaud ou froid. Son corps est alourdi par les vêtements gorgés d'eau. Il n'a croisé personne. Il se faufile par le petit portail jamais verrouillé qui perce le mur nord, patauge dans le parterre de fleurs mortes. Son pied s'enfonce d'un coup, comme aspiré par des sables mouvants. La terre moelleuse avale sa cheville, suce le mollet. Jérôme tire d'un coup et tombe en avant. Il va passer par le sous-sol, se changer dans la buanderie. Il ne faut pas que Marina l'entende, le voie dans cet état. Quelque chose le gêne dans sa chaussure, lui entame le talon. Dès qu'il est à l'intérieur, il se déshabille, tout près de la chaudière, et jette ses frusques boueuses dans la machine à laver. Un tintement cristallin le surprend. Sur le carrelage blanc, jaillie de sa chaussure, brille une bague en argent ornée d'une tête de mort.

7

— Vous n'y êtes pas, dit l'inspecteur Cousinet.

Jérôme s'éveille à ces paroles. Son esprit s'était absenté un instant. Cela lui arrive de plus en plus souvent.

La nuit est tombée. Ils sont au Bar des Sports et boivent une bière dont la teinte dorée imite à la perfection celle des réverbères qui éclairent la place. Sans y prendre garde, Jérôme s'est abîmé dans la coïncidence chromatique. Son œil s'est laissé attirer par la grosse ampoule jaune fixée à un mât au-dessus de la pharmacie, et l'éclat de la lampe a ricoché jusque dans son verre. Il boit une gorgée, cherche à gagner du temps, à se rappeler le fil de la conversation, peine, fronce les sourcils. Il porte instinctivement la main à la poche de veste qui renferme son carnet, comme si la solution s'y trouvait consignée.

— Il ne s'agit pas d'une enquête classique, reprend Cousinet. Comme je vous l'ai dit, je suis à la retraite. C'est de la déformation professionnelle. J'ai tellement pris l'habitude de résoudre des énigmes que la vie se présente à moi sous cette forme. Il n'y a pas de suspect, pas même de crime. Il y a le mystère des disparitions. Vous avez remarqué que, dans un ciel étoilé, on repère très vite la Grande Ourse, pour peu que quelqu'un vous ait appris que cette constellation avait l'allure d'une casserole au manche légèrement courbé ? Eh bien, de la même façon que vous ne pouvez pas vous empêcher de voir une casserole dans le ciel, je perçois un motif dans ces histoires et, une fois que je l'ai distingué, je ne peux plus le quitter des yeux. La mort n'est pas toujours présente, je veux dire qu'elle n'explique pas tout. On s'en contente bien trop souvent, et bien trop vite. Les jeunes ne meurent pas, ils fuient.

– Vous voulez dire qu'Armand… fait Jérôme d'une voix hésitante.

– Non. Je fais des généralités. Je vous expose ma théorie. Je vous ai parlé de ma théorie ?

Jérôme ne se souvient de rien. Une théorie sur la mort ? Sur les jeunes ?

– Je n'ai pas développé, reconnaît Cousinet. J'ai tellement peur d'embêter les gens avec ça que je reste allusif. Mais vous, j'ai l'impression que ça vous intéresse. Je me trompe ?

Jérôme secoue la tête, par politesse. Qu'est-ce qui m'intéresse ? se demande-t-il.

– Les jeunes en campagne ! s'exclame Cousinet, exalté. C'est difficile pour eux. Leur monde est trop étroit. Ils se connaissent tous depuis l'enfance. Ça manque de brassage. Et, aujourd'hui, on a besoin de brassage. Autrefois, les gens n'avaient pas conscience qu'il y avait un monde en dehors du leur. Qu'est-ce que je dis, un monde ? Des tas de mondes, qui commencent là où le leur s'arrête. De nos jours, ils ont la télé, ils ont Internet. Tout ça, c'est des banalités, mais c'est important. Les jeunes pensent à l'amour. La rencontre amoureuse est au centre de leurs préoccupations. Le problème c'est qu'ici, contrairement à ce qui se passe dans les grandes villes, l'offre sexuelle est très réduite, vous comprenez ?

L'offre sexuelle… se répète Jérôme, s'efforçant d'échapper à la contemplation de l'or lumineux piégé au fond de son verre.

– Souvenez-vous, au collège, au lycée. Vous étiez pensionnaire ?

– Non.

– Peu importe. Pensionnaire ou pas, il y avait combien de jolies filles à votre disposition ?

– Les lycées n'étaient pas encore mixtes, précise Jérôme.

– C'est vrai, très juste. Mais les établissement étaient mitoyens. Vous connaissiez l'ensemble de la population féminine, n'est-ce pas ?

Jérôme lui parle de la femme rousse en bottes de ski et de la marchande de journaux, ses amours d'adolescence. Il évoque son trouble lorsqu'il les revoit aujourd'hui.

– Sylvie Deshuchères, la papetière, ça m'étonnerait, coupe l'inspecteur. Elle n'est pas d'ici. Son mari et elle se sont installés dans la région il y a quinze ans. Ils avaient un tabac à Lille, mais ils ont eu des problèmes avec le fisc.

« Nos cœurs à jamais », songe Jérôme. Si Sylvie Deshuchères n'est pas celle qu'il croit, qui donc est l'auteur de cette promesse ? Il voudrait retourner à la piscine, examiner le mur de la buvette, recueillir des empreintes digitales, tenter de reconnaître l'écriture. Il lui semble soudain que la main qui a tracé ces mots saurait le guider, le rassurer. Il pense à des femmes, à des jeunes filles, fait défiler des visages, lequel d'entre eux sa mémoire infidèle n'a-t-elle pas trahi ?

– Voilà le problème, poursuit Cousinet, imperturbable. Ils se connaissent tous. Ils connaissent la famille, les ragots. C'est trop serré. Alors, bien sûr, parfois il y a un nouveau ou une nouvelle qui débarque en cours de scolarité. Émoi dans les chaumières. Tous tombent amoureux en même temps de la même personne. Résultat : jalousies, rivalités, vengeances et, plus tard : crime passionnel. Clémentine Pezzaro est arrivée en février. Son père venait du Havre.

– Comment le savez-vous ?

– C'est mon métier. C'est plus facile qu'on ne croit de localiser les gens.

Jérôme aimerait demander à Cousinet de localiser Vilno Smith dont il n'a aucunes nouvelles depuis plus de dix jours, depuis les clés, depuis la pluie. Il sait qu'elle a subi sept avortements, mais il ne connaît pas son numéro de téléphone. Il se doute que lui coller un poing fermé au creux du genou peut provoquer chez elle une réaction particulière, mais il ignore son adresse. Il n'est pas même certain de connaître son nom. Vilno Smith. Elle a dû l'inventer. Ça n'existe pas un nom pareil. La masse de ces incertitudes le ronge. Il regrette de ne pas l'avoir touchée, rien qu'en passant, la main, ou l'épaule, juste pour savoir la sensation.

– Attention, hein ! continue l'inspecteur. Je ne dis pas que la disparition d'Armand est liée à celle de Clémentine. Surtout pas. Il ne faut pas se laisser embobiner par la chronologie. Mais ça vous dirait de venir avec moi faire un tour du côté de l'ancien atelier du père ? Fabrice Pezzaro. Ils vivaient au-dessus du garage, tous les deux, le père et la fille.

– Vous saviez qu'elle était antique ? interrompt Jérôme.

– Antique ? Qui ça ?

Jérôme s'est trompé de mot. Il le sent. Cela n'a aucun sens, une gamine antique. Mais c'est pourtant ce que lui a dit Rosy. Antique. Il n'avait pas compris sur le moment et elle avait dû lui expliquer : le fond de teint blanc, les yeux et la bouche maquillés de noir, les cheveux corbeau, les bottes à boucle d'argent, la maigreur, les croix, les cercueils, les bijoux à tête de mort.

– Je ne sais pas, dit Jérôme avec la désagréable sensation de s'enliser. Je ne sais pas pourquoi j'ai dit ça.

– Vous êtes encore très perturbé, dit Cousinet d'une voix apaisante. C'est tellement triste ce qui s'est passé. Tellement inexplicable. Comment va Marina ?

– Elle a repris les cours, répond Jérôme.

L'inspecteur a la bonne grâce de se contenter de cette réponse.

– Alors, ça vous dirait de passer avec moi à l'ancien atelier de Pezzaro ? reprend-il après une

pause durant laquelle il a étudié le visage de Jérôme.
Un belle ossature, des pommettes remarquables, des
yeux à peine trop écartés, un grand front, des paupières légèrement tombantes qui lui font un regard
tendre et pénétrant, une bouche fine et longue, sans
doute capable de développer le genre de sourire
auquel il ne peut résister, presque plus vaste que le
visage.

— Je ne sais pas. Oui, pourquoi pas ? C'est toujours bien de voir des lieux de vie pour un agent
immobilier. Mais vous ne devez pas y aller seul ?
Il y a le secret professionnel, non ? Et le mandat.
Il ne faut pas un mandat ?

— Dans les films, il faut un mandat, vous avez raison. Mais dans la vie, c'est extrêmement différent.
Vous seriez surpris. Allez, dites oui, on est si seuls.

Jérôme a la sensation que l'inspecteur Cousinet
vient de commettre une erreur. Il ne saurait en définir la nature. Une gêne s'empare de lui, qu'il ne peut
davantage expliquer. Il s'attend à ce que son inter-
locuteur se rétracte, s'excuse.

Avant, pense-t-il, les gens ne me parlaient pas.
Ils ne me voyaient pas. Et, maintenant, c'est comme
si j'avais une maladie, ils viennent vers moi, se
confient, me disent des choses intimes. Serait-ce
l'effet du chagrin ? Les endeuillés bénéficient-ils
d'un statut particulier ? Comme si, parce que la mort
nous a effleurés, nous avions quitté pour un moment
l'univers commun, le monde des vivants. Suis-je
embarqué, sans le savoir, sur le fleuve ? Le souvenir est lointain, un cours d'histoire au collège,
le monde grec, un passeur au nom très banal, qui

mène les gens d'une rive à l'autre. L'image ne l'a jamais quitté parce que, alors même que le professeur l'évoquait pour la première fois, Jérôme avait été envahi par un puissant sentiment de déjà-vu. Quel soulagement d'entendre parler de ce qu'il avait toujours connu, l'intermonde, le ni vivant ni mort.

– Oui, c'est une bonne idée, en fait, finit-il par répondre. Ça me changera.

Ils commandent un autre demi, discutent encore, décident de dîner ensemble.

C'est Cousinet qui conduit. Si quelqu'un doit souffler dans l'Alcootest, il vaut mieux que ce soit un ancien de la maison qui s'y colle. Ils roulent trois quarts d'heure en écoutant la radio et arrivent enfin à Vitran-lès-Limons, un village dont Jérôme ignorait l'existence, niché dans une échancrure au pied d'une falaise. La patronne de l'auberge appelle l'inspecteur par son prénom, elle dit aussi mon chéri, mon lapin. Jérôme se demande comment on s'y prend pour atteindre une confiance, une promiscuité pareille.

– Appelez-moi Alexandre, lui dit l'inspecteur.

Au dessert, ils se tutoient. Jérôme parle trop fort, de tout, de rien, il rit. Il se retient à toute force d'en venir au but. Il se sent glisser irrésistiblement vers le moment où il parlera de la forêt. Il sait qu'il ne faut pas, que c'est trop tôt. À quoi bon garder un secret pendant plus de cinquante ans pour le livrer à un inconnu au bout de trois heures de conversation ? À certains moments, les phrases se fabriquent dans son esprit : « souvent, il faut que je m'enfonce profond dans la forêt. Je gratte, je creuse, j'ai besoin de humer, je cours, je me roule en boule, je m'allonge, je pose ma joue contre les feuilles, je caresse le dessous granuleux des fougères, je collecte les spores ».

Il doit à tout prix contenir ces mots, les refouler.

Afin de détourner le cours de ces paroles proscrites, il se noie dans les banalités, demande à Cousinet des conseils vestimentaires, des conseils de lecture. L'inspecteur est intarissable, il parle de Giorgio Armani et de Claudio Magris, de Yohji Yamamoto et de Yasunari Kawabata. Jérôme n'ose pas dire que, parmi tous ces noms, il ne sait distinguer les écrivains des marques de vêtements. Il voudrait demander à Alexandre comment il est parvenu à accumuler des savoirs si divers, l'interroger sur les études que l'on doit mener pour entrer dans la police. Il voudrait lui ressembler.

En sortant du restaurant, ils ne reprennent pas immédiatement la voiture. Alexandre attrape Jérôme par le bras.

— Viens, je vais te montrer quelque chose, dit-il en laissant échapper de ses lèvres des nuages de vapeur parfaits.

Jérôme le suit, sur un chemin, puis sur des pierres. Les rares lumières du village s'éloignent, s'étiolent.

— N'aie pas peur, chuchote Alexandre.

Jérôme déploie un vaste sourire invisible dans la nuit. Il n'a jamais peur dans la nature. Plus il est loin des humains, mieux il se sent. Plus l'obscurité est épaisse, mieux il y voit.

— Lève la tête.

Une averse d'étoiles se déverse sur eux. Elles sont si proches qu'elles semblent dégringoler.

– Ferme les yeux.

Ils reculent de quelques pas.

– Ouvre-les.

closed

Plus rien. La voûte céleste a reprisé tous ses accrocs et ne laisse plus filtrer la moindre lueur. Alexandre serre plus fort le bras de Jérôme.

– C'est drôle, non ? Quelqu'un a mangé toutes les étoiles.

Un sanglot s'étouffe dans la poitrine de Jérôme. Il n'est pas dupe. Pas besoin de lumière ni de carte pour comprendre où ils sont. Dehors et pourtant pas de ciel, protégé de la pluie mais pas du froid, dans un noir plus épais que celui de la nuit, l'oreille attirée par des murmures d'eau, des ruissellements, des goutte-à-goutte, sous l'aile recourbée d'une falaise, dans une grotte aussi haute que la nef d'une cathédrale, ouverte comme une immense cage thoracique, aspirant le moindre souffle de vent, avide d'air et vide, creuse et vide et glacée. C'est de là qu'il s'est enfui – de cette grotte ou d'une autre, le pays en est plein – pour trouver la main d'Annette. Quelque chose en lui avait compris que, s'il demeurait plus longtemps dans cette masse de roc cariée, il n'aurait d'autre choix que de se changer en animal. Il se rappelle la tentation : perdre le langage si récemment conquis, se défaire de la pensée, de l'espoir, de la tristesse, ne conserver que la satisfaction et la peur. Se contenter de deux sentiments.

L'horreur de devenir une bête l'avait emporté sur la douleur d'être un homme. Il avait couru sur ses petites jambes, s'aidant de ses petits bras, propulsé vers le jour, souillé, saignant, l'instinct de l'animal en lui guidant l'humain jusqu'aux confins de la forêt.

Alexandre s'approche encore, passe un bras autour des épaules de Jérôme, respire bruyamment.

Tiens, cet homme est amoureux de moi, pense Jérôme, étonné de ne pas s'en étonner, dérouté de le comprendre, ne sachant que faire de cette certitude, convaincu, une fois encore, que le doute est, de loin, plus confortable.

Il se laisse étreindre, indifférent, patient. Il se sait capable de décourager le plus passionné des élans. C'est un talent qu'il possède, dont il se sert peu et qui, la plupart du temps, lui nuit. Aujourd'hui, sa lenteur et son inertie ne luttent pas, avec cet acharnement passif qu'il connaît si bien, contre son bonheur, elles le protègent sans effort d'une aventure qu'il ne souhaite pas vivre.

Quelques minutes plus tard, les deux hommes sont de retour dans le véhicule. Des flocons aussi gros que des plumes se sont mis à tomber. Les essuie-glaces crissent, les phares s'aveuglent contre le plumetis d'argent qui masque la route. Jérôme conduit, trop vite, comme toujours. Alexandre s'amuse à prononcer mentalement des phrases imbéciles : « Oui, c'est ça, vas-y, tue-moi. » Jérôme se demande comment lui faire comprendre qu'il a compris, que c'est inutile d'en parler, que c'est impossible mais sans importance. « Restons amis » serait la formule la plus synthétique, mais elle est si fatiguée, si usée. C'est le problème avec les mots, songe Jérôme. Les gens sont tellement bavards, sans parler des journaux et de la télévision. Partout, sans arrêt, des mots, des phrases,

les mêmes phrases : « Je t'aime », « C'est génial »,
« C'est la vie ». Ne pourrait-on, un instant, revenir
à une préhistoire du langage, à sa découverte, à son
enfance, à l'époque où chaque vocable s'ancrait profondément dans ses racines, les traînait à sa suite, où
l'on parlait si peu que chaque déclaration provoquait
un effarement ?

– J'ai grand besoin d'un ami, finit par dire Jérôme.

– Et moi donc ! répond Alexandre en riant. Mais
tu es bizarre, quand même. Jamais un hétéro de base
ne dirait ce que tu viens de dire. Un truc aussi sen-
timental. J'ai grand besoin d'un ami. Personne ne
parle comme ça.

Jérôme pense que Vilno Smith parle de cette façon
et qu'elle l'a contaminé.

– Il faut s'exprimer différemment. C'est indispensable, dit-il avec une conviction qui le déconcerte lui-
même. Si ça continue, on ne pourra plus rien se dire.

– Tope là, lance Alexandre en tendant sa main
gauche près du volant.

Jérôme y dépose sa main droite, avec beaucoup
de douceur. C'est un pacte dont la solennité les fait
trembler.

Le lendemain, sous le ciel bleu reflété par la neige,
ils cheminent vers l'atelier de Fabrice Pezzaro. Deux
silhouettes noires, minuscules, gravissent un large
oreiller blanc. Ils ont abandonné la voiture en contrebas de peur de patiner dans la côte. Jérôme n'a pas
dormi de la nuit. Quand il est rentré, la veille, il a
trouvé Marina dans un état de rage effrayant. Dès
qu'il a passé la porte, elle s'est jetée sur lui, l'a

frappé, sur les épaules, au visage, lui a bourré les tibias de coups de pied.

– Tu n'as pas le droit de faire ça ! a-t-elle hurlé. Il faut me prévenir. Il faudra toujours me prévenir, maintenant. Je ne suis plus normale. Si tu ne rentres pas, c'est que tu es mort. Depuis Armand, si quelqu'un est en retard, c'est qu'il n'arrivera plus.

Elle a pleuré longtemps et Jérôme s'en est voulu de ne pas l'avoir appelée, de l'avoir oubliée, de n'avoir plus pensé à la mort durant quelques heures.

Il aurait pu s'endormir ensuite à côté d'elle, sur le canapé du salon, mais il a eu une idée, une idée qui a occupé tout l'espace et empli la nuit de sa vibration. L'excitation, l'impatience se sont mises à fourmiller dans tous ses membres et, après ça, impossible de fermer les paupières, de dodeliner, de s'affaler. Jusqu'à sept heures du matin, il est demeuré immobile, caressant la tête de sa fille posée sur ses genoux. Une idée comme une vision, comme une flèche.

En prenant soin de ne pas réveiller Marina, il a tiré son carnet de sa poche de veste et y a inscrit le mot « enquête » en lettres capitales. Il l'a lu et relu. L'histoire s'y trouvait condensée : début, milieu et fin.

J'ai un ami dans la police, a-t-il songé en souriant, et cette révélation a ouvert une large voie vers tout ce qui s'était dérobé jusqu'à présent. Alexandre est un limier, rien ne lui échappe, il connaît le passé de Sylvie Deshuchères, il sait tout de nous. Rien ne lui résiste, aucune apparence ne le trompe. Son flair le guide, sa méthode a fait ses preuves. Peut-être sauvait-il même retrouver les clés de la voiture noyées dans la fange.

Après la visite de la porcherie, Jérôme s'était rendu à Besançon. Il n'y avait pas de serrurier au village. Il voulait faire un double. L'artisan s'était montré pessimiste. Impossible de dupliquer le petit morceau de ferraille.

— Et si je perds celle-là ? avait demandé Jérôme.

— C'est ennuyeux, avait répondu l'homme en caressant sa barbe hirsute.

— C'est-à-dire ? Qu'est-ce qu'on pourra faire ?

— Rien.

— Je ne pourrai plus rentrer dans ma voiture ? Je ne pourrai plus la faire démarrer ?

— Non, vous ne pourrez plus.

— Je devrai l'abandonner ?

— Oui. Ou la céder à une casse. Ils vous en donneront une centaine d'euros.

— Pour une voiture qui en vaut deux mille ?

Le serrurier avait haussé les épaules. C'était un fataliste.

— Vous n'avez qu'à l'accrocher à votre cou, avait-il conseillé.

— Quoi ?

— La clé. Vous l'attachez comme un collier, comme font les enfants.

Jérôme s'imagine portant sa clé sur la poitrine, là où d'autres portent une croix, un médaillon renfermant la photo d'un être aimé. J'en suis là, pense-t-il tristement. Cette perspective lui paraît intolérable.

— Ce type est un incompétent, lui dit Alexandre, à qui il raconte sa mésaventure en crapahutant vers l'atelier de Pezzaro. Rien de plus facile que de dupliquer une clé. Je te le ferai, si tu veux. Au pire, on peut toujours changer le canon, mettre une autre serrure.

— Mais pourquoi il a dit ça ? Quel est son intérêt ? Il aurait gagné davantage en faisant le boulot. Je l'aurais payé.

— Si c'était si simple, fait Alexandre en marquant une pause dans leur ascension.

Il regarde Jérôme, le cœur broyé par sa candeur. Jamais il n'a connu un homme aussi désarmé.

— Quelqu'un... commence-t-il. Quelqu'un... répète-t-il.

Il hésite à poursuivre, cherche les mots, se rappelle l'exigence de précision à laquelle le pacte récemment conclu entre eux l'oblige.

— Quelqu'un veut nous faire croire que la causalité règne en toute chose, que le monde est régi par des lois mathématiques. On veut nous faire penser que les actes ont tous une motivation repérable ; que nous sommes, nous, les humains, tournés vers un but identifiable. Prenons ton exemple, le serrurier. C'est un commerçant, et, selon toi, son but est de gagner de l'argent, donc, s'il te dit qu'on ne peut pas dupliquer ta clé, c'est forcément vrai. Eh bien non, c'est faux. S'il te dit ça, c'est pour une raison qui n'est pas raisonnable, par folie, par autodénigrement, parce qu'il est fatigué, parce que sa femme l'a plaqué. On n'en sait rien en fait. Si c'était aussi simple, les gens comme moi seraient parfaitement inutiles. Les coupables porteraient leur faute écrite sur le front. Tu comprends ?

– Mais alors comment fait la police ? Comment tu fais, toi, pour trouver ?

– Je cherche, je fouille, je creuse. À chaque nouvelle enquête, j'oublie ce que je crois savoir sur la nature humaine. Disons que je suis comme un pot de confiture.

Jérôme sourit. Alexandre vacille. C'est bien ce qu'il pensait. Un sourire auquel il ne peut résister, plus vaste que le visage, l'image de l'extase enfantine. Il se reprend, bâtit à la hâte un mur de brique pour contenir ses sentiments.

– Un pot vide, précise-t-il. Dans lequel j'entasse les moindres filaments d'histoires, les miettes, les poussières. Quand j'ai terminé, quand le pot est plein, j'agite et la solution apparaît.

– Toujours ?

– Non.

– Que fais-tu si elle n'apparaît pas ?

– Je recommence.

– Et si elle n'apparaît toujours pas.

Alexandre baisse les yeux vers leurs pieds couverts de neige, invisibles, comme si Jérôme et lui avaient pris racine dans l'épaisseur des flocons.

– Si elle n'apparaît pas, je suis triste. Ça dure quelques semaines, quelques mois et, un matin, la douleur s'envole. Je ne sais pas pourquoi. C'est un moment très agréable, très lumineux. L'affaire sur laquelle j'ai buté cesse d'être une affaire, elle devient une énigme, ou un mystère, si tu préfères ; et elle rejoint la masse des énigmes et des mystères qui font notre vie : que faisons-nous sur terre ? Qui nous a créés ? Que se passe-t-il après la mort ?

Jérôme lève les yeux vers la cabane au sommet de la colline et se remet à marcher. Ses jambes sont légères, son corps entier semble gonflé à l'hélium. Il vole. Sa poitrine se déploie, son souffle est calme et ample. Il se sent prêt à tout, dans une forme stupéfiante. Voilà, c'est fait, il a utilisé l'adjectif qui lui faisait envie. Même tout bas, même en pensée, ça compte.

De l'extérieur, on croirait une grange à foin. Murs de planches badigeonnées à l'huile de vidange, toiture en tôle ondulée. C'est un bâtiment carré, haut, presque sans fenêtres. La double porte percée dans le pignon nord est fermée par un cadenas. Alexandre parvient à l'ouvrir sans difficulté. Cela prend quelques secondes. Jérôme n'a rien vu. Son regard a été attiré par une boule de gui lancée à l'assaut d'un poirier, quelques mètres en contrebas, les branches noires et grêles de l'arbre presque mort colonisées par les tiges vertes et feuillues de l'arbuste opportuniste.

À l'intérieur, on est pris à la gorge par les odeurs mêlées de paille humide, d'essence et de caoutchouc. L'air confiné n'attend qu'une allumette pour s'embraser. Des pneus s'entassent, noircissant davantage les recoins obscurs, matifiant tout, annulant les reflets, piégeant le moindre rayon. Des carcasses de mobylette, des moteurs de moto, des câbles de freins, des pyramides de bougies, des bidons entassés gisent, unis par une pellicule de crasse, poussière noire et grasse, élastique, tenace. Il est difficile de se frayer un chemin parmi ces objets qui se cognent en sonnant comme des cloches à vache dès qu'on les effleure. La lampe torche d'Alexandre dessine des ronds d'un blanc bleuté sur le plafond de planches plus claires, sur les murs. Dans le halo qui se déplace avec la vivacité d'un passereau, s'invitent, en un diaporama désordonné, les détails de posters collés aux parois : chapeau du cow-boy Marlboro, coque d'un navire fendant une vague, fesses de femme soulignées de dentelle, seins énormes, culs nus, cuisses avec doigts posés ici et là, bouches entrouvertes couronnées de perles de sueur… Alexandre pointe sa lampe vers Jérôme.

– Alors ? demande-t-il.

Jérôme ne sait que répondre. Il cherche à échapper au faisceau.

– Donne-moi ta première impression, lui dit Alexandre en détournant la torche. Sans réfléchir. C'est important. Qu'est-ce que ça t'évoque tout ça ? Toutes ces choses qu'on vient de voir.

Jérôme pense : Un homme. Cela m'évoque un homme. La virilité. Mais il ne le dit pas. Il ignore pourquoi il se sent si étranger à ces images, à ces odeurs. Lui aussi est un homme, après tout. Mais entrer dans cet endroit, c'est comme… il manque de mots pour décrire cette expérience, plusieurs lui viennent pourtant à l'esprit : « temple », « repaire », « bordel ». Le problème, c'est la phrase. Penser une phrase. Il a besoin de son carnet. Il se dit qu'en écrivant, il parviendrait peut-être à formuler son sentiment. Ce mélange de dégoût et d'envie.

– Je vais t'aider, dit Alexandre. Est-ce que tu te verrais vivre dans un endroit pareil ?

Jérôme éclate de rire. Un rire généreux qui part de la poitrine et jaillit librement de la gorge, une fontaine, un geyser. Un rire que les femmes ont souvent cherché à provoquer parce que alors, alors, il se passait quelque chose de très agréable en elles. Alexandre serre la lampe torche dans sa main, s'y accroche. Il a mal aux lèvres, au ventre, aux genoux.

– Non, non, non, répond Jérôme en riant toujours. Jamais de la vie. Mais tu crois qu'il dormait ici ?

– Allons voir. Il y a une porte en haut de l'escalier.

Ils gravissent les marches en bois et font branler la rampe en s'y agrippant trop fort.

À l'étage, un appartement sombre et puant. Boyaux qui débouchent sur des nids troglodytes, paliers défoncés qui ploient sous les pas, canettes de bière, sacs en plastique, parfum d'urine et de patchouli. Une des pièces est entièrement peinte en noir, la fenêtre est masquée par des rideaux de cuir qui amusent beaucoup les deux visiteurs. Des cercueils de tailles diverses, cloués au mur ou empilés sur la moquette, noire elle aussi, contiennent des crayons, des cigarettes, des culottes, des crucifix. Dans les plus grands, on pourrait coucher un enfant de quatre ou cinq ans, dans les plus petits à peine le cadavre d'un mulot. *field mouse*

– C'est la chambre de la fille, dit Jérôme.

La chambre gothique, complète-t-il mentalement, soulagé que le terme exact lui soit enfin revenu. Gothique. Les Goths vénéraient-ils la mort ? Il sent qu'il ne doit pas s'étendre sur le sujet.

– En voyant ça, estime Alexandre, on aurait tendance à penser que la jeune Clémentine s'est suicidée. Les cercueils, les croix, tout ce noir. Mais ça n'a aucun rapport, en réalité. Les gothiques n'ont pas plus envie de mourir que les autres. C'est une esthétique qui les apaise, qui les contient, mais cela demeure une esthétique. Tu vois ce que je veux dire ?

Ce serait pourtant tellement plus simple si elle s'était suicidée, songe Jérôme.

– Oui, je vois, répond-il. Mais un père obsédé sexuel, ça peut donner envie d'en finir, quand même.

J'adore ce garçon, pense Alexandre, amoureux de la pudeur de Jérôme.

– Tu vas trop vite, lui dit-il. Quand on cherche, il faut sans cesse retarder la conclusion. Observer, recueillir, ne pas analyser. Laisser venir les idées, mais aussi bien les laisser filer. Quand on cherche, il faut, à tout prix, oublier que l'on espère trouver. On doit s'efforcer de déconnecter les deux activités. Là, par exemple, j'oublie que Clémentine a disparu. J'oublie que son père a vendu une Triumph à Armand.

J'oublie qu'une bague avec une tête de mort est tombée de ma chaussure, songe Jérôme. Mais cela ne fonctionne pas. Il y pense constamment, comme si le morceau de métal s'était incrusté dans sa voûte plantaire.

– J'oublie même qu'Armand est mort, ajoute Alexandre. Je me force à ne rien savoir, à ne rien connaître. C'est ma méthode, la méthode du pot de confiture.

Jérôme veut bien y croire et pourtant, quand l'inspecteur dit qu'il oublie la disparition de Clémentine, la Triumph et la mort d'Armand, cela provoque l'effet inverse sur lui. À mesure que l'un efface, l'autre accède à un irrésistible eurêka.

— Tu es certain qu'ils sont partis ? demande-t-il, de plus en plus inquiet.

Il craint qu'Alexandre n'élargisse le terrain de ses fouilles, qu'il ne vienne retourner la terre de son jardin à l'endroit où la bague est sortie de la boue.

— Le père, c'est sûr. Il a clos ses comptes et il est retourné là d'où il venait. C'est ce que font la plupart des fugitifs. C'est si douloureux de partir vers l'inconnu. J'ai retrouvé sa trace au Havre. Il a repris son ancien boulot de ferrailleur. *scrap metal*

— Et la petite ?

— Pas là. Comme si elle n'avait jamais existé.

— Elle est peut-être chez sa mère, propose Jérôme, cherchant désespérément à détourner l'attention d'Alexandre. Elle a bien une mère, cette gamine.

Il lui paraît de plus en plus urgent d'éloigner l'inspecteur, de substituer une enquête à l'autre.

— Pourquoi aurait-elle une mère ?

— Tout le monde a un père et une mère, s'écrie Jérôme, un ton au-dessus de ce qu'il aurait voulu.

— Tu crois vraiment ça ? demande Alexandre avec tendresse.

Jérôme se sent percé à jour. C'est une blessure et un soulagement pour lui qui n'a jamais vraiment eu ni père ni mère ; seize ou dix-sept ans d'ersatz tout au plus. Il se demande ce qu'Alexandre connaît d'autre sur son compte. Peut-être en sait-il plus que moi-même, songe-t-il. Il lui paraît urgent de faire le point sur les indiscrétions dont l'inspecteur s'est rendu coupable.

– Qu'est-ce que tu sais de moi ? rugit-il, une main sur la gorge d'Alexandre, possédé par le désir de l'étrangler, de lui cogner la tête contre le mur, de s'effondrer dans ses bras.

– Rien, dit Alexandre avec calme. Rien de plus que ce que tu m'as dit. Rien d'autre que ce que j'ai vu. Une épouse qui prend le train. Une fille qui pleure son amoureux disparu. Une agence immobilière en campagne.

Jérôme lâche le cou d'Alexandre, recule d'un pas. Il voudrait s'excuser, lui expliquer qu'il n'est jamais aussi brutal. C'est à cause des pneus, pense-t-il, des pneus et des posters, comme une force endormie en moi qui s'est soudain réveillée. Il a conscience aussi que cet homme, si doux avec lui, le provoque. Alexandre le regarde d'une manière... comment dire ? Il le regarde avec beaucoup trop d'affection et c'est étouffant. C'est exaltant aussi. Sous ce regard, il se sent plus grand, plus fort, il a chaud. Il voudrait y demeurer, comme on désire rester dans un rayon de soleil, le corps gorgé de chaleur, caressé par la lumière. Mais c'est embarrassant et, au bout d'un certain temps, épuisant aussi, parce qu'il n'y a rien au-delà de ce regard, rien à vivre, si ce n'est la déception.

– J'ai été marié, autrefois, dit Alexandre après un silence.

Jérôme s'est assis sur le bord d'un cercueil, les genoux serrés contre la poitrine.

Et voilà, pense-t-il. C'est la maladie qui recommence. L'inspecteur Cousinet va me livrer ses secrets. Et comment ferai-je, moi, quand je serai rempli d'histoires ? Où les déverserai-je ?

Mais la question qui le tourmente réellement est tout autre. Qui écoutera la mienne ? C'est cela qu'il aimerait savoir. Jamais il n'a parlé. Paula ignore tout de son séjour parmi les fougères. Marina ne sait pas que son père est un enfant trouvé. Il se sent faux, creux, comme percé de trous, ses articulations sont douloureuses et il n'a plus de salive dans la bouche.

— Elle s'appelait Eva. On s'était rencontrés à une manifestation. Elle était gauchiste. J'étais en civil. C'était une femme extraordinairement large d'esprit. Elle a quand même épousé un flic homosexuel, c'est pas rien. (Il rit.) Elle ne le formulait pas comme ça. Pour elle, j'étais autre chose, comme si elle m'avait regardé depuis un angle particulièrement biscornu. On traduisait du latin ensemble. Tu as fait du latin ?

— J'étais mauvais élève, grogne Jérôme.

— Moi aussi, mais j'ai toujours aimé le latin. Je n'avais pas le niveau d'Eva. Elle, c'était son métier. Mais je faisais parfois des trouvailles inattendues qui lui faisaient beaucoup d'effet. Elle aimait faire l'amour la tête posée sur le Gaffiot.

— Et toi ?

— Moi... moi je n'aimais pas. Je...

— C'est quoi, le Gaffiot ?

— Un dictionnaire.

Cette image affole Jérôme. Faire l'amour sur un dictionnaire, faire l'amour avec un dictionnaire.

134

– C'est beaucoup plus courant qu'on ne le croit, les femmes qui épousent des homosexuels, dit Alexandre. C'est rassurant pour elles. L'angoisse de la prédation les quitte. Elles se sentent libres, elles se sentent fortes. Et puis un jour, elles se sentent moches, ou vieilles, ou seules, parce que nous ne les désirons pas assez, pas du tout. Elles veulent redevenir des proies. Elles nous quittent. De toute façon, moi, je ne voulais pas d'enfant.

– Pourquoi ?

Alexandre ne répond pas. Il ouvre et ferme un cercueil miniature en faisant claquer sa langue contre son palais.

– Mon père était un sale type, finit-il par dire.

– Qu'est-ce qu'elle est devenue, ta femme ?

– Elle a eu trois filles avec un dramaturge. Un auteur de théâtre. Un ivrogne. Au début, c'était la grande passion. Un latiniste d'une finesse ! C'est ce qu'elle me disait au téléphone, et ce n'était pas difficile à traduire. Mais après, les filles ont grandi, le dramaturge... Elle l'appelait toujours le dramaturge, même quand elle allait le voir en prison. Elle disait, « Je vais voir le dramaturge. »

– Pourquoi, il a fait de la prison ?

La question reste sans réponse. Les deux hommes se taisent. Une corneille crie, perchée sur le toit.

– Je n'ai jamais connu mes parents, dit Jérôme, s'attendant à voir sa peau déchirée, ses os pulvérisés sous la pression d'une parole si longtemps retenue.

– C'est peut-être une chance, réplique Alexandre.

Et comme Jérôme se tait, qu'il penche la tête, hausse les épaules et paraît accablé, Alexandre pense qu'il vient de commettre un impair. Comment a-t-il pu dire une idiotie pareille ?

Mais ce n'est pas la remarque de son ami qui plonge Jérôme dans la perplexité. Ce qui l'effare, c'est l'imprécision, le flou de cette déclaration. Il croyait pouvoir mettre fin à son silence grâce à cette phrase : « Je n'ai jamais connu mes parents. » Souvent, il la voyait se dérouler dans son esprit, comme sur le ruban au bas d'un blason. Il aimait se la répéter. Il en espérait une délivrance instantanée. Mais de quels parents s'agit-il, au juste ? Qui sont ses parents ? Et quand il dit ne pas les connaître, regrette-t-il d'ignorer l'identité de ses géniteurs ou d'en savoir si peu concernant le couple qui l'a élevé ? Sur qui portera l'enquête ?

– J'ai un travail à te proposer, dit-il à Alexandre en relevant soudain la tête.

Il ne sait pas, avant de le dire, ce qui va sortir de sa bouche. Il parle pour comprendre. Il parle pour savoir.

– Je voudrais que tu enquêtes pour moi.

– À quel sujet ?

– Sortons d'ici.

Jérôme se lève, dévale l'escalier et sort dans la neige, aveuglé par le soleil. Il fourre les mains dans ses poches, poings fermés. Son cœur bat beaucoup trop vite. Sa gorge est si serrée qu'elle ne laissera passer aucun mot. Contre la phalange de son majeur gauche, il sent le métal froid de sa clé de voiture. Contre la phalange de son majeur droit, même contact. Une autre clé. Celle de chez lui ? Non. Poche droite ou poche gauche, la forme est identique. La clé perdue est retrouvée. Il brandit les deux clés identiques sous le nez d'Alexandre qui l'a rejoint.

– Qu'est-ce que c'est ? demande celui-ci.

– Mes clés de voiture. Dans la main gauche, le double. Dans la main droite, l'original ! s'exclame Jérôme.

– En fait, tu ne l'avais pas perdue. Tout ce temps-là, la clé était au fond de ta poche.

Jérôme secoue la tête.

– Non, non, fait-il d'une voix rêveuse.

– C'est drôle, dit Alexandre. Ça arrive souvent, mais on n'y pense jamais. On se prépare avec tant de soin à la disparition de ce qui nous est le plus précieux qu'on l'accepte trop vite. Les lunettes égarées sur le front, ou sur le bout du nez, les gants dans le sac. L'autre jour, j'ai passé cinq minutes à chercher mon téléphone, alors que je l'avais dans la main. Ça devrait nous servir de leçon, à force. C'est une métaphore de la vie, tu ne crois pas ?

– Non. Ce n'est pas une métaphore, rétorque Jérôme, bien qu'il ne soit pas certain du sens de ce mot. Cette clé n'était pas dans ma poche. Elle y est maintenant, mais elle n'y était pas hier. Quelqu'un l'y a mise. Quelqu'un a glissé cette clé dans la poche de mon manteau.

– Une farce ? demande Alexandre.

– Un message, corrige Jérôme. Tu sais comment font les pigeons voyageurs ?

– Oui.

– Moi, je ne sais pas, mais c'est pareil. C'est comme si je venais de recevoir un message accroché à la patte d'un pigeon.

– Et c'est là-dessus que tu veux que j'enquête ?

Jérôme ne répond pas. Il s'élance dans la pente d'un pas sautillant. La joie inonde son cœur. Ah, si seulement ces jeunes n'avaient pas la manie de mourir, il serait tellement heureux.

jaunty

8

À l'agence, il a fallu parler à douze personnes. Jérôme les a cochées : une croix pour les couples, un bâtonnet pour les solitaires. Il y a même une étoile au milieu de la liste : papa, maman et les jumelles. Il a fallu dire : bonjour, au revoir, mais certainement, je ne vous le fais pas dire, par les temps qui courent, je ne vous cache pas, c'est le plan parfait, un voisinage agréable, baies vitrées insonorisées, surtout au printemps, c'est tuant mais c'est tellement vivant, le budget ?, sans compter que les taux d'intérêt, à votre service.

Il a fallu sourire, serrer des mains, caresser des têtes, prêter des bics, déplier des cartes routières, décrocher le téléphone, tapoter sur la calculette, froncer les sourcils, écouter, écouter, écouter. La vie des gens, ceux qui se plaignent et ceux qui se vantent et jamais, pas une seule fois, le cœur qui parle.

Jérôme veut des genoux qui s'ouvrent large comme des ailes de cigogne, des clavicules qui sortent des manteaux, de longs bras qui s'agitent autour du visage. Il veut revoir la folle. Il veut que Vilno Smith entre dans l'agence, canadienne en parachute, politesse aux orties. Cela fait plus de quatre heures qu'il l'attend sur le lieu de leur première rencontre, là où, croit-il, elle lui a donné rendez-vous en lui rendant sa clé de voiture.

Entre deux clients, il sort son carnet, écrit des mots : « pigeon », « neige ». Ses tempes battent, les os de son crâne se resserrent. Il essaie encore. « Qui sont mes parents ? » « Annette et Gabriel Dampierre ». Il cherche sur Internet les coordonnées de maître Coche, le notaire chez qui il s'était rendu pour la succession, il y a plus de trente ans. Il ne trouve rien. Maître Coche a disparu et Jérôme ignore où sont les papiers. Il se doute que quelque part, sur un acte de vente, un acte de décès, sont inscrits les renseignements qui lui manquent : date et lieu de naissance. Qu'a-t-il fait de ces documents ? Où a-t-il fourré son livret de famille ? Paula a dû partir avec. C'était elle qui s'occupait des démarches administratives. C'est comme s'il avait effacé ses propres traces. Il a l'image d'un renard filant ventre à terre dans la neige, et dont la queue en panache balaie la piste parcourue.

Après la visite de M. et Mme Grignard, qui mettent en vente un pré à vaches à la limite de la commune, il fouille dans ses dossiers. Les boîtes d'archives sagement alignées sur une étagère révèlent un désordre inquiétant : des descriptifs de propriétés côtoient les bulletins de notes de Marina, le menu d'un restaurant à Venise, des factures de gaz. On croirait un jeu de cartes mélangé par les mains d'un joueur professionnel, aucune suite, aucune hiérarchie. « Je suis dérangé », note-t-il dans son carnet. « Renard dérangé », écrit-il, une ligne plus bas.

Le téléphone sonne. La voix de Paula lui semble venir de loin, très loin dans le passé.

– Comment ça va, mon grand ?

– Moyen, répond-il. Ça me fait du bien de t'entendre.

– C'est gentil. Je n'ai pas voulu appeler plus tôt, mais… je pense beaucoup à toi, tu sais, dit-elle d'une voix mal assurée.

– Moi aussi, ment-il.

– Comment va Marina ? Elle ne répond jamais. Elle ne me rappelle pas.

Jérôme se demande ce qu'il pourrait inventer. Il ignore tout de l'état de sa fille. Marina est inquiète, songe-t-il. Il faut que je la prévienne en cas de retard. Elle n'est pas normale. Elle me fait peur.

– Elle a repris les cours, répond-il, comme il l'a fait la veille à la question d'Alexandre.

– Mais comment tu la trouves ? Elle mange ?

Jérôme fait les courses deux fois par semaine et prépare les dîners. La plupart du temps, il est seul à table. Les amis de Marina pique-niquent avec elle dans la chambre. Elle boit un café en vitesse le matin avant de partir en cours, lui tend son front pour qu'il y dépose un baiser rapide, et disparaît dans le froid, les mains glissées dans les manches de son manteau, sans bonnet, sans écharpe et, parfois même, les cheveux mouillés. Il s'en veut de ne pas la protéger davantage, de ne pas la gronder, mais comment s'y prendre ? Elle lui est devenue étrangère.

Que faire de son enfant quand l'enfance est finie ? se demande-t-il. Autrefois c'était si simple : il lui lisait des histoires, passait un disque, la prenait sur son dos et faisait le tour de la maison à quatre pattes, ils peignaient ensemble et organisaient des spectacles de marionnettes. Paula le trouvait si patient. « Comment peux-tu passer autant de temps à jouer avec un enfant ? Moi je trouve ça ennuyeux à mourir. » Pour Jérôme, c'était le contraire. Il n'avait aucun effort à fournir. Ce qui l'éreintait, lui, c'était le monde sérieux de la paperasse, les réunions de parents, le masque qu'il avait l'impression de devoir enfiler dès qu'il entrait à l'agence.

Au moment de l'adolescence, il avait craint que sa fille ne lui tourne le dos, qu'elle ne se révolte. Mais le divorce les avait sauvés. Paula était partie. C'était la méchante. Marina et lui se serraient les coudes, allaient au cinéma, regardaient des débats à la télévision, chantaient à tue-tête avec les candidats d'émissions musicales. Quand elle sortait le soir, il lui disait de ne pas rentrer trop tard. Si elle dépassait l'heure convenue, il lui faisait la tête le lendemain. C'était une enfant facile.

Mais voilà qu'elle était devenue adulte, d'un coup, précipitée par l'accident d'Armand. À quoi lui servait-il, à présent ? À quoi servent les parents d'enfants devenus grands ? On ne peut plus jouer, on ne peut plus gronder. Que reste-t-il ? Des fonds qui se déplacent d'un compte en banque à l'autre. Il ne reste que l'argent et Jérôme en a peu.

– Elle mange. Oui, oui. Elle mange bien. Elle n'a

pas l'air d'avoir perdu de poids, dit-il d'une voix aussi rassurante que possible à Paula.

– Oh, comme je suis contente. Alors elle s'en sort ?

Jérôme sait pourquoi Paula appelle. Elle a un nouvel amoureux et sa mauvaise conscience l'encombre.

– Oui. Elle s'en sort bien. Elle est très entourée. Elle a une vraie bande de copains, des mômes adorables.

– C'est formidable. Elle va se remettre. C'est comme quand elle était petite. Tu te rappelles ? Elle faisait de grosses fièvres, mais elle guérissait très vite. Elle est solide, notre petite.

Solide, pense Jérôme.

Sur son carnet, il note en écoutant distraitement Paula : « C'est une Dampierre, elle est en pierre. Et sa mère a un cœur de pierre. »

– Et toi, mon grand ? Comment tu vas ? C'est pas trop dur ?

– J'ai beaucoup de boulot. Le marché reprend. Les taux d'intérêt chutent, du coup les gens vendent, achètent. Je suis débordé, en fait.

– Ah, c'est bien, dit Paula. C'est très bien. Je suis contente de t'entendre.

– Moi aussi, ma chérie, moi aussi.

Paula tousse à l'autre bout du fil. Elle a du mal à avaler ce « ma chérie » qu'il a glissé dans la conversation par pure cruauté, pour la punir de ne faire que répéter ce qu'il a dit lui-même quelques minutes plus tôt. Ma chérie dont le corps m'appartiendra toujours. Que fait-on de sa chérie quand elle habite à mille kilomètres, qu'elle est partie sans donner d'explication et qu'elle revient vingt-quatre heures en quatre ans pour enterrer un jeune homme qu'elle n'a jamais vu et coucher avec son ancien mari par désœuvrement ? « Ma chérie », écrit-il dans le carnet en dessinant une fleur sur le « i ».

– Bon, ben, tu l'embrasses, alors. Tu lui dis que sa maman pense beaucoup à elle.

– Je lui dis.

Il raccroche. « Maman pense beaucoup à toi », écrit-il.

Sur la page de son carnet, les mots isolés et les phrases courtes s'empilent comme dans une poésie. Jérôme se rappelle la carte qu'il avait écrite, à huit ans, pour l'anniversaire d'Annette. Il avait passé beaucoup de temps à chercher une rime au prénom de sa mère. Il voulait qu'Annette rime avec belle, et il avait été désespéré de constater que seul le mot « bête » convenait pour donner à son compliment l'allure d'un poème. Comment faire ? Il avait attendu longtemps que les mots s'arrangent harmonieusement, que la beauté et la douceur de ses sentiments se traduisent sur la feuille de papier soigneusement pliée en deux. N'y parvenant pas, il avait recopié, de mémoire, la première strophe d'une poésie apprise en classe :

La biche brame au clair de lune
Et pleure à se fendre les yeux
Son petit faon délicieux
A disparu dans la nuit brune.

Il avait signé de son nom et avait écrit en haut, « Pour ma maman que j'aime », surpris de pouvoir si facilement calligraphier un mot qu'il n'avait jamais pu prononcer. Il avait relu tout bas son en-tête. Le mot « maman » résonnait en lui. Impossible de le dire à voix haute. Quand Annette avait déplié la feuille, elle s'était écriée : « Oh, mon Dieu, mon Dieu », puis s'était enfoncé le poing dans la bouche, comme pour se retenir de hurler. Il avait été fier et honteux de son escroquerie.

À présent qu'il y repense, ce sont, étrangement, les mots « nuit brune » qui le bouleversent.

Je ne suis jamais retourné sur la tombe de mes parents, pense-t-il. Il ignore tout des rites mortuaires. Personne ne l'y a initié. Annette et Gabriel avaient préparé leurs funérailles avec minutie. Jérôme n'avait eu à s'occuper de rien. Tout était consigné et classé dans un cahier : le choix des pompes funèbres, l'emplacement du caveau, la durée de la concession, la facture réglée d'avance.

Quel jour se réveille-t-on avec pour projet d'organiser ses propres obsèques ?

Peut-être avaient-ils trouvé plus facile de le faire ensemble, à deux, comme une excursion. Avaient-ils si peu confiance en moi ? se demande Jérôme. Ils ont quitté la table en emportant la nappe avec eux et toute la vaisselle est par terre. Il ne subsiste rien de notre vie à trois.

Jérôme tente de se représenter sa propre mort. Cela n'a aucun sens pour lui. Je suis vivant, se dit-il. Il bute là-dessus. Il se heurte à la vie. Ne peut voir au-delà. Je ne mourrai jamais, songe-t-il. Jusqu'au jour où je mourrai quand même.

Comment ont-ils fait, Annette et Gabriel ? Était-ce à cause de la maladie ? Comme un signe avant-coureur ? Jérôme n'y croit pas. Sans doute étaient-ils déjà morts, conclut-il, étourdi par la logique aussi implacable que fausse de ce sophisme.

Le sac de Marina atterrit sur son bureau, fait voler tous les papiers. Il ne l'a pas entendue entrer.

– Mon poussin, dit-il en refermant son carnet aussi discrètement que possible. Mon poussin… répète-t-il.

Marina ne passe jamais à l'agence.

Elle me voit avec mon masque, se dit-il en se frottant le visage vigoureusement.

– Qu'est-ce que…

Sa phrase s'interrompt d'elle-même.

De grosses larmes ruissellent sur les joues de sa fille. Les yeux écarquillés, elle pleure en le regardant, comme si c'était justement ça – le spectacle de son père en agent immobilier – qui lui donnait du chagrin. Elle est si jolie, avec son nez qui coule et ses pommettes rougies par le froid. Quand elle était bébé, Jérôme la trouvait encore plus mignonne en sanglots, nez froncé, bouche tordue. Il restait abasourdi par l'expressivité de ce visage miniature, pareil à un camée grimaçant.

Ses yeux l'implorent, ses mains rougies par le froid s'agrippent à la table qui les sépare.

– On est mercredi ? bredouille-t-il.

Marina secoue la tête, les yeux toujours fixés sur lui, Gorgone adorable. Avec elle, l'air du dehors est entré, un parfum de mousse, de lichen, de neige. Il ne lui connaît pas ce visage.

Lorsqu'elle pleurait Armand, la colère se lisait dans son regard ; aujourd'hui, c'est la terreur.

146

– Je suis enceinte, murmure-t-elle entre deux hoquets.

De qui ? De quoi ? Comment ? Mon bébé ? Enceinte ? Le temps s'arrête puis repart, très vite, en arrière, comme précipité à reculons du haut d'une colline. Les feuilles remontent en tourbillonnant du sol vers les branches, roussissent, reverdissent. Les automnes viennent mourir dans des étés qui, à peine changés en printemps, se figent en hiver. Les vêtements rétrécissent, les corps rapetissent, disparaissent dans le néant. Marina n'est pas encore née et bientôt, Jérôme lui-même se retrouve dans le ventre de sa mère. Une jeune fille. Sa mère. Une très jeune fille. La mère de Jérôme, toute petite, perdue, sans personne à qui le dire, sans personne pour l'aider. Le silence, la honte. Se cacher. Accoucher sans un cri, en forêt, seule. L'enfant dans un terrier, le nourrir, l'habiller, lui parler, petit sauvage clandestin. Chaque jour la peur qu'il ait été dévoré, que la pluie l'ait emporté, que la boue l'ait englouti, que le froid l'ait tué. Souhaiter sa mort, une délivrance, la fin du mensonge, de la peur, de la fatigue. Le retrouver intact, en pleurer de joie, le câliner, lui dire « Mon amour, mon bébé d'amour, mon amour de bébé », lui construire une cabane, lui trouver une grotte, l'entendre babiller. Le nourrisson ne pleure jamais. Il sait à quoi s'en tenir. Il sait que sa maman est fiable, qu'elle est bonne, qu'elle l'aime. Très vite, il mâche. Très vite, il marche. Jamais il ne s'éloigne. Il comprend tout. Elle aimerait tellement s'en vanter. Mon fils est un génie, il est fort, il n'est jamais malade. Il se tient droit sur ses petites pattes. Il dit,

« Maman. » Elle dit, « Attends-moi, regarde le soleil, quand il arrivera derrière cette branche, je reviendrai. » Il l'écoute, attend, regarde le soleil. Quand le soleil atteint la branche, elle revient, avec une pomme, des gâteaux. Elle lui fabrique des petits bonshommes en bois. Ensemble, ils les nomment Famille : Papa, Mamie, Papi, Tata, Tonton. Ensemble, ils comptent : Un, deux, trois, quatre. À cinq, on frappe dans les mains. Durant trois ans, les hivers sont cléments, les automnes secs, les printemps doux, les étés tempérés.

— Quelqu'un veille sur nous, lui dit-elle en montrant le ciel.

— Papa ? demande-t-il en montrant la lune.

— Papa, répond-elle, oui, Papa s'occupe de tout.

Et puis un jour, alors que le soleil descend derrière la branche, elle ne vient pas. Il s'endort, attend le lendemain et un jour encore. Mâchonne ses bâtons, la famille en brindilles, croque des baies, se roule en boule, regarde le soleil, laisse passer un autre jour, gratte la terre, grogne, compte tout seul, attend, regarde le soleil. Elle ne vient pas. Les animaux s'approchent, reniflent, il pousse des cris pour les effrayer. Il court, il quitte le terrier, la grotte. Elle ne reviendra plus. Il se laisse glisser dans des pierrées depuis le sommet d'un buissons d'épines, il roule parmi les silex et les feuilles, il déboule sur un chemin. Au loin, deux silhouettes, lentes, lourdes, inconnues se tiennent par la main. Y glisser la sienne. Trottiner sur la pointe des pieds, sans pleurer, sans parler, les rejoindre, y glisser la sienne.

– Tout va aller très bien, dit-il, quittant son fauteuil pour prendre sa fille dans ses bras.

Marina se débat, lui donne des coups de poing. Il resserre son étreinte.

– Écoute-moi, mon poussin. Tout va très bien aller. Je suis là. Je vais t'aider.

– Mais c'est dégoûtant, crie-t-elle. C'est comme si j'avais couché avec un mort.

– Mais non, mais non. Ne dis pas des choses comme ça. Tu es encore toute jeune. Ça vient de te tomber dessus. Tu ne sais pas.

– Je sais parfaitement. Ma vie était déjà foutue, mais là, elle est encore plus foutue. J'ai dix-huit ans, je suis veuve et fille mère. Tu trouves ça bien, toi ? Veuve et fille mère à dix-huit ans. Tu trouves que ça commence bien ? C'est comme si j'avais déjà tout vécu. Qu'est-ce que je vais devenir ? gémit-elle.

– On va s'en occuper. On va faire tout ce qu'il faudra.

– Appelle un médecin. Appelle l'hôpital.

Marina décroche le téléphone et le tend à son père.

– Dis-leur que c'est une urgence. Demande s'ils peuvent le faire ce soir.

Elle hurle. Les passants, indistincts dans la nuit à peine tombée, regardent à travers la vitrine. Un attroupement s'est formé. Les badauds, voyant le père et la fille se battre, hésitent à intervenir. Coups de pied, coups de poing. Jérôme ne résiste pas, laisse Marina le passer à tabac. Il est sans force. Son corps sommeille et son esprit rêvasse. Il pense aux enfants qui ne naissent pas. Il aurait dû être l'un d'eux. Je

149

suis un rescapé, songe-t-il. Ma mère a offert son abdomen aux sabots agacés d'un poulain, a dévalé sur le dos des escaliers de pierre, s'est enfoncé des aiguilles à tricoter, a bu des potions, des poisons, et je n'ai rien voulu savoir, je suis resté accroché. Quelle idée. Et me voici, aujourd'hui, parant les coups... Non. Ne parant pas les coups de ma petite fille, de mon bébé, qui...

— Tu n'es pas obligée de le garder, lui dit-il, le nez en sang. Mais tu n'es pas non plus obligée de t'en débarrasser.

Marina s'immobilise. Ses bras retombent le long de son corps. Elle ne pleure plus. Elle soupire en s'affalant sur la chaise. Jérôme s'assied à ses pieds, le dos contre le bureau. Il est si las. Il voudrait s'endormir ainsi, dans la douleur croissante des ecchymoses. Il ne connaît pas la suite de l'histoire. Rien ne ressemble à ce qu'il avait prévu. Il faut pourtant jouer la scène jusqu'au bout, relever la tête, parler encore, décider, agir. Quelqu'un pourrait-il prendre le relais ? se demande-t-il. Je ne sais pas ce que je dois dire.

Une corde est tendue entre maintenant et plus tard, au-dessus du vide, dans l'obscurité. La fille a grimpé sur les épaules du père qui, les bras ouverts en balancier, avance. C'est lui qui doit accomplir la traversée, sans perdre l'équilibre, sans faire tomber son enfant.

Il se livre à un calcul. La femme qui m'a mis au monde devait avoir seize ou dix-huit ans. Mettons dix-sept, ça sonne bien, dix-sept. Celle qui m'a adopté en avait quarante-sept. Établissons une moyenne, dix-sept plus quarante-sept divisé par deux égale trente-deux. Une mère de trente-deux ans, c'est bien, c'est l'âge qu'avait Paula à la naissance de Marina.

Jérôme ignore où ces réflexions le mènent. Il cherche refuge dans les chiffres. Les chiffres qui sont, à première vue, si apaisants – avec le sérieux, la raideur, l'infaillibilité qui les caractérisent – mais qui déçoivent bientôt car ils n'avancent à rien, ordonnent sans classer, règlent sans résoudre.

Il pense au bébé dans le ventre de sa fille. C'est comme une feuille de peuplier, se dit-il. Verte l'espace d'un instant, argentée la seconde d'après, selon le caprice du vent. Le vert qui est vivant, l'argenté qui ne l'est plus, car il évoque la pétrification, l'immuable. Un instant, je suis heureux, tout est simple et enchanté, la seconde d'après, je vois la vie gâchée de ma fille. Une feuille de peuplier, légère, ronde, avec ses dents sur le côté, inoffensives, qui ne croquent rien, qui peignent les courants d'air. Attendre un enfant. Attendre quelqu'un que l'on ne connaît pas. Mais alors, pourquoi l'attendre ? On ne l'attend pas, et il vient. Ou pas. Une fois qu'il est là, c'est pour toujours. Même s'il meurt, c'est pour toujours. Les parents d'Armand resteront ses parents jusqu'à leur propre disparition. Comment ne pas avoir peur ? On a peu d'occasions, au cours d'une vie, de s'administrer des sentences aussi lourdes. On s'habitue à l'éphémère, on est à l'aise avec l'intermittence, le renouvellement. On voudrait pouvoir négocier. Si Marina garde l'enfant, elle sera mère, c'est absolu. Elle sera Absolument-mère. Si elle le perd, elle ne sera pas mère pour l'instant, pourra l'être plus tard, elle ne sera pas Absolument-pas-mère. La vie ne se laisse pas mettre en équation. Il y a toujours un morceau qui dépasse, une asymétrie qui flanque le système en l'air.

Jérôme a l'impression que s'il parvient à penser droit, il pourra accomplir la traversée. Mais c'est impossible. Ça penche. Il va tomber et entraîner Marina dans sa chute.

Il rappelle Paula.

– Qu'est-ce qui t'arrive mon grand ? demande-t-elle.

Marina secoue la tête, agite son index sous le nez de son père. Elle ne veut pas qu'il le dise, mais il le dira.

– Il faut que tu viennes. Marina est enceinte.

Après un silence, Paula demande :

– Depuis quand ? Elle a fait un test ? Passe-la-moi.

Jérôme colle le combiné contre l'oreille de sa fille qui se débat puis accepte et se réfugie dans les toilettes de l'agence.

Le sens pratique, songe-t-il. Voilà. C'est exactement ce qui me manque. Paula pose toujours les bonnes questions. Elle ne s'affole pas. Elle sait que les chiffres qui comptent à l'instant n'ont rien à voir avec l'âge des mères. L'âge des mères comme l'âge du capitaine. N'importe quoi. Les chiffres qui comptent concernent le retard de règles, les taux d'hormones. Qu'en sait-il ? Rien. Il ne voit pas comment il pourrait parler de ces choses avec Marina.

La question de l'instinct est la seule qui se pose à lui. Il n'a pas appris à vivre comme le font les autres, en parlant, en réfléchissant. Quelque chose dans son corps se déchaîne avant que son cerveau ait pu intervenir. Il se surprend, une fois encore, à envier le silence des animaux, leur fatalisme. Manger, être mangé, donner la vie, la perdre. Les bêtes filent, suivant une trajectoire parfaite, jamais elles n'hésitent, jamais elles ne renoncent, jamais elles ne changent d'avis. Elles ignorent les carrefours, propulsées comme des flèches par l'arbalète divine, avec pour seule mission d'accomplir une courbe parfaite, de la naissance à la mort, de fuser depuis le néant vers le néant, avec grâce et légèreté. Les destins humains, en comparaison, lui semblent si tortueux, si maladroits, lourds, corrompus.

De l'autre côté de la vitrine, les badauds se sont dispersés. Seule demeure une longue silhouette, protégée du froid par une canadienne. Elle lève la main, s'apprête à cogner contre la porte en verre. Jérôme baisse la tête et la pose sur ses bras croisés. Il ne voit pas Vilno Smith remettre la main dans sa poche et retourner d'où elle vient, se fondre dans la nuit, dans le silence de la neige qui a recommencé à tomber.

stalk

Par la fenêtre, Jérôme regarde le jardin blanc. Un cylindre de neige parfait coiffe la table en fer. Deux coussins floconneux surmontent l'assise des chaises. Quarante centimètres sont tombés en quelques heures. Au fond de la cour, près du petit portail qui donne sur la ruelle, une tige noire perce l'épaisseur ouatée, brandissant une aigrette grise. Tout le reste est recouvert, caché, protégé. Qu'est-ce que c'est que cette plante ? se demande Jérôme. Comment ose-t-elle rompre la candeur uniforme du panorama ? Même le sorbier et le sureau ont eu le bon goût d'accueillir des calottes de neige qui leur font comme de grosses fleurs gelées. Un pissenlit ? Impossible, trop souple, la tige aurait ployé. Une fleur de carotte, peut-être, dont il ne resterait que le squelette desséché. Une fleur de carotte, répète-t-il pour lui-même. L'espèce favorite de Vilno Smith. *dandelion*

À force de contemplation, le jardin rapetisse, jusqu'à devenir un point lumineux, immatériel. Le passé. La mémoire. C'est pareil, se dit Jérôme. La même sensation, exactement. Une beauté inaccessible ; la regarder, c'est déjà la tuer. Y toucher, c'est tout détruire. Et la joie, pourtant, l'espoir, presque un élan mystique.

Je me souviens. Une phrase qui trace un chemin, très rapide. Ça file tout droit, vers le bas, ça fore sans obstacle, le cœur va lâcher, se dit-on, c'est trop de douceur, trop de récompense. La vitesse, soudain, effraie, va tout pulvériser. Il ne restera rien.

Du ciel, aussi blanc que la terre, tombe un couple de mésanges enlacées. Les deux paires d'ailes battent l'air. Le couple tournoie un instant avant de disparaître dans le cylindre de neige. Quelques flocons s'envolent, et voilà que les oiseaux ressortent, avec leur têtes fragiles, leur torses friables, leurs griffes fines comme des cils d'enfants, et voilà qu'ils jouent à se rouler dans la neige, à en mettre partout.

– Marina ! Marina, viens voir !

Mais Marina n'est pas là. Jérôme le sait. Il l'a appelée en silence, dans sa tête, en souvenir du bon vieux temps. Elle aurait tellement aimé assister au ballet des mésanges.

Les oiseaux disparaissent, avalés par le ciel, et Jérôme contemple le jardin altéré. Le saccage sans importance, la fin de la perfection. Les enfants font ça. L'amour fait ça. Du désordre.

Jérôme ne s'est pas retrouvé seul il y a très long-temps. Il ne se souvient plus comment on s'y prend avec les pensées vagabondes, avec le temps. Pendant toutes ces années, même lorsqu'il n'y avait personne à la maison, même quand il fuyait vers la forêt, il n'était pas seul ; Paula l'attendait, Marina allait rentrer de l'école. Lorsque sa fille partait voir sa mère, il pouvait compter les jours, se savait en sursis, commençait à préparer son retour dès qu'elle avait franchi la porte.

– Jérôme ? appelle une voix derrière lui.

Il ne répond pas, ne bouge pas.

– Je peux entrer ?

Le verrou n'est pas mis. Rosy n'a qu'à actionner la poignée.

Jérôme ne s'est pas retourné pour voir la jeune Mandchoue se débarrasser de la neige accumulée sur son manteau, sur ses cheveux. Il espère qu'elle non plus ne le verra pas. Mais c'est idiot car il est à la fenêtre du salon, face à la porte d'entrée. Il se sent pourtant si ténu, si faible, qu'il pense avoir disparu.

– Jérôme ? répète Rosy, de sa voix chantante.

Une minute plus tôt, il aurait pu lui offrir le spectacle des mésanges, mais là, il n'a rien à lui proposer. Pourquoi insiste-t-elle ? Qu'est-ce qu'elle lui veut ?

Il l'entend se diriger vers la cuisine, reconnaît le tintement de la cafetière, le bruissement du sachet de café, l'eau qui coule du robinet.

Quelques instants plus tard, l'arôme envahit la maison. Des larmes lui montent aux yeux. Gratitude, chagrin, joie, regret ? Jérôme l'ignore.

Deux tasses ont été posées sur la toile cirée. On les a remplies. Une petite cuillère tourne.

– Je suis passée, parce que bon, c'est dommage de plus se voir, non ? Moi, je m'étais bien habituée et...

Jérôme se retourne, très lentement, semblable à une girouette rouillée poussée par une brise infime.

Rosy le regarde, effarée.

– Quelle tête vous avez ! C'est horrible. On dirait que vous avez perdu cent kilos !

L'exagération fait sourire Jérôme. Ses mâchoires grincent. Il vient s'asseoir de l'autre côté de la table. Rosy lui approche sa tasse, y met deux sucres, touille pour lui.

– C'est gentil, murmure-t-il, surpris d'entendre sa propre voix.

Rosy secoue la tête. Ses joues s'enflamment.

– Dans votre famille, dit-elle les yeux baissés, vous me trouvez tous gentille. Marina aussi me le disait tout le temps. Mais chez moi, ils me trouvent infernale. Mes parents me détestent. Ma mère et mon père, les deux. Ils ne s'entendent sur rien, sauf sur moi. Mon père m'appelle « le boudin ».

– Mais non, fait Jérôme, presque machinalement.

– Mais si. Vous savez pourquoi ? Parce que je ne fais rien de ce qu'ils veulent. Je mange trop. Mes parents sont maigres. Je les dégoûte. J'ai toujours été grosse.

Jérôme voudrait lui dire le contraire, qu'elle n'est pas grosse, mais c'est indéniable. Il voudrait lui dire que ça n'a aucune importance, qu'elle est belle comme ça, comme un poney mandchou.

– Les parents… soupire-t-il.

Il ne voit pas comment poursuivre. Les parents font tout de travers, pense-t-il.

– C'est à cause de moi, dit Rosy, les joues toujours écarlates, levant un instant les yeux.

Jérôme ne comprend pas de quoi elle parle.

– C'est moi qui ai mis ça dans la tête de Marina, insiste-t-elle.

– Qu'est-ce que tu racontes, mon poussin ?

Rosy pleure. Personne ne l'a jamais appelée « mon poussin ». Une grosse poule bouffie, voilà ce qu'elle est. Un monstre.

– Tu es la jeune fille la plus adorable que je connaisse, affirme Jérôme, bien que cela lui coûte beaucoup, bien qu'il n'ait pas l'habitude de faire ce genre de déclaration.

Rosy redresse la tête, sa bouche est minuscule dans son énorme visage.

– J'ai raconté ma vision à Marina. L'histoire du cimetière avec le garçon qui portait son sac.

– Et alors ?

– Tout le monde sait que j'ai des talents de médium, explique Rosy d'un ton solennel. Tous mes amis le savent. Je devine les choses. Même si vous n'y croyez pas, c'est vrai. L'incendie de l'école, il y a trois ans, je l'avais prévu. Le curé qui s'est enfui avec le chef des pompiers, le jour du mariage de Magali Graton, je l'avais prédit aussi. J'ai toujours été comme ça. J'ai toujours tout su.

– Quel rapport ?

– C'est à cause de moi que Marina a cru qu'elle était enceinte. C'est à cause de moi qu'elle est partie.

Rosy éclate en sanglots. Jérôme boit son café, bercé par les larmes de Rosy.

Marina a cru qu'elle attendait un enfant. Elle est allée rejoindre sa mère. Paula a dit qu'elle s'occuperait de tout et c'est ce qu'elle a fait. Elle a emmené sa fille chez le médecin, qui leur a expliqué que le choc émotionnel avait causé un désordre hormonal, que tout allait revenir dans l'ordre.

— Pauvre chérie, a dit Paula à Jérôme. Elle n'avait même pas fait de test. Mais moi, je l'ai vu tout de suite qu'elle n'était pas enceinte. Une mère sent ces choses-là. Pour l'instant, je crois qu'il vaut mieux qu'elle reste ici. Je vais l'inscrire aux cours par correspondance. Elle va se reposer. Le docteur a dit qu'il fallait qu'elle change d'air, de décor. Chez toi, tout lui rappelle… enfin tu comprends. Ici, elle voit des gens nouveaux, elle pense à autre chose. C'est mieux pour tout le monde. Et toi, mon grand, comment tu vas ?

Je vais mal, a pensé Jérôme. Je vais comme un homme abandonné. Je vais comme un coureur de marathon qui se fait souffler la victoire à deux cents mètres de l'arrivée. Je vais comme un homme qui tuerait volontiers la mère de sa fille parce qu'elle n'a jamais rien fait pour elle et qu'elle l'arrache à son père sans effort, en un coup de fil.

— Tu n'y es pour rien, dit-il à Rosy en prenant sa main potelée de bébé dans la sienne. Ce sont des histoires qui te dépassent.

— Mais vous y croyez, vous, à mes talents de médium ? demande Rosy, les yeux secs.

Jérôme hausse les épaules.

— Pourquoi pas ?

— Parce que mes parents, eux, ils n'y croient pas. Ma mère dit que je suis mythomane. Elle dit que je fais mon intéressante, parce que je suis tellement moche que je ne pourrai jamais trouver un homme.

Jérôme lâche la main de la jeune fille.

160

– Ça n'a pas de sens.

À son tour, Rosy hausse les épaules.

– Ma mère a tous les hommes qu'elle veut.

Jérôme pense à la mère de Rosy. Elle tient un salon de coiffure dans une petite rue derrière l'église. Elle change si souvent de couleur de cheveux qu'il peine à la reconnaître d'une fois sur l'autre, mais ses fesses ne changent pas, ses seins, sa taille – un corps pimpant, énergique, disponible. Déjà au collège, elle avait cette réputation. À treize ans, tout le monde savait qu'elle avait couché. Elle a épousé un marchand de vélos, un sportif au front bas, aux biceps luisants, qui milite à Chasse Pêche Nature Traditions. Un jour, Jérôme l'a surpris, dans la forêt, en costume de cycliste. Il enlaçait le tronc d'un charme, puis s'en écartait soudain, faisait le signe de la croix en prononçant amen trois fois de suite avant de reprendre son étreinte. Jérôme n'a pas voulu le déranger. Il s'est glissé en silence dans un fossé en contrebas et s'est empressé d'oublier.

– Moi, tu sais, je n'ai pas connu mes parents, dit-il à Rosy.

– Ils sont morts quand vous étiez petit ?

– Je ne sais pas.

Rosy fronce les sourcils.

– J'ai été abandonné. J'ai vécu dans la forêt. Et puis, un jour, une dame et un monsieur m'ont trouvé. Il s'appelaient Annette et Gabriel, et ils m'ont élevé.

– Alors vous les avez connus. C'était eux, vos parents.

– Non, je ne les ai pas connus non plus.

161

– Ça, vous savez, Jérôme, c'est un très grand secret, déclare Rosy avec admiration. Parce que je ne m'en étais jamais doutée. Je ne l'ai jamais deviné. Et c'est très agréable d'entendre une histoire qu'on ne connaît pas déjà. C'est la première histoire neuve que j'entends.

– C'est parce que tu vois l'avenir mais pas le passé, suggère Jérôme.

Rosy secoue la tête énergiquement.

– Je vois le passé, le présent, l'avenir. Je vois tout. Votre histoire à vous, c'est un très grand secret, répète-t-elle.

Et Jérôme est honoré, comme s'il venait de recevoir une médaille.

– Ce que je te raconte, je ne l'ai jamais dit à Marina. J'aurais dû. Mais je ne l'ai pas fait.

– Je ne crois pas à la parole, déclare Rosy d'un ton catégorique.

Jérôme admire sa fermeté. Lui non plus n'y croit pas, mais il n'oserait cependant pas l'affirmer. Il sent que quelque chose cloche dans les échanges. Il ne saurait le formuler plus précisément. Il est souvent frustré, et presque toujours craintif, à l'idée de devoir s'exprimer, avec la certitude qu'il ne sera pas compris. Il blâme les mots, l'approximation du vocabulaire. Il ne songe pas à remettre en cause le système lui-même.

– Les gens entendent ce qu'ils veulent, poursuit Rosy. Ça ne sert à rien de leur parler. On entend aussi bien ce qu'on ne nous dit pas. On parle par habitude, parce que sinon, on s'ennuierait trop, mais ça ne change pas grand-chose. Prenez l'école, par exemple. En CP, la maîtresse apprend à lire aux enfants. Elle parle toute la journée des lettres ; les consonnes, les voyelles, tout ça. Et à la fin de l'année, certains élèves ne savent toujours pas lire. Ils ont entendu comme les autres, ils ont écouté, mais ça n'a pas marché. Leur esprit ne s'est pas ouvert.

Jérôme la regarde, perplexe.

– Moi, enchaîne-t-elle, j'ai l'esprit très ouvert. Trop, en fait. C'est comme une malformation. Je reçois toutes les ondes, mêmes celles qui ne me sont pas destinées. C'est à cause de ça que je suis médium. Je vous ai dit que je voyais dans le passé, le présent et l'avenir, et c'est la vérité. Le plus bizarre de tout, c'est de lire dans le présent, parce que tout le monde devrait y arriver. Mais non. La plupart des gens ne voient rien. Si je voulais gagner de l'argent, je pourrais devenir détective privé, pour les divorces et les trucs comme ça. Je sais qui couche avec qui. Je sais où, je sais quand.

– Et ça t'intéresse ?

– Pas du tout. Ça m'encombre.

Jérôme voudrait lui poser une question sur Vilno Smith. Sans doute la connaît-elle. Sans doute sait-elle où elle habite et comment la retrouver. Mais pourquoi demander, elle lit probablement dans les pensées. Il suffit d'attendre qu'elle lui en parle spontanément.

– Tu savais qu'Armand allait mourir ? demande-t-il sans l'avoir décidé.

Les mots ont devancé sa pensée.

Rosy détourne la tête, se mord la lèvre. Elle attend quelques secondes et dit :

– Je savais qu'il aurait pas dû acheter la moto.

– Tu sais qui lui a vendu ?

– Vous, vous savez. Alors pourquoi vous demandez ?

Rosy tire une cigarette de son sac, l'allume et se met à fumer en tirant très fort sur le filtre, comme si elle voulait l'avaler.

– C'est votre ami qui vous a demandé de m'interroger.

– Quel ami ?

– L'inspecteur Cousinet. Quel nom débile. C'est lui qui veut savoir. Qu'est-ce que ça peut lui faire ? Personne n'a porté plainte.

– Il a une théorie, réplique Jérôme.

Rosy hoche la tête comme si cette réponse l'avait satisfaite. Elle boit son café. Sort de son sac un poudrier et approche le miroir de ses yeux.

– Vous trouvez que ça rend bien, sur moi, le mascara ?

Elle baisse le poudrier et approche son visage de celui de Jérôme, index pointé vers ses paupières qu'elle ouvre grand.

– Est-ce que ça met mes yeux en valeur ?

Oui, pense Jérôme. Tes beaux yeux, tes yeux de vache, d'ânesse, tes doux yeux de poney mandchou, sont noirs et chauds comme le café. Il prend un sucre entre ses doigts, le fait rouler au creux de sa paume.

– Je ne m'y connais pas trop en maquillage, tu sais, mon poussin. Je ne suis qu'un papa. Je ne comprends rien à ces choses-là.

– Oh, je m'en fiche ! Qu'est-ce que ça peut foutre ? lâche-t-elle brutalement en prenant son sac. Son corps

164

ondule dans ses vêtements noirs moulants. Elle débarrasse les tasses en silence, fait la vaisselle.

Jérôme l'a blessée, elle ne reviendra plus. Il sera seul. La maison sera toujours vide à présent. Plus d'enfants, plus de bande de copains, plus de capsules de bière égarées sous la table de la salle à manger, plus de débris de tabac sur le rebord de l'évier. Aucune voix, aucun rire. Il est vieux, il est seul, c'est la fin.

Rosy chaloupe dans le couloir, décroche son manteau de la patère, sans un regard pour lui. Il faudrait qu'il dise quelque chose pour la retenir, pour réparer. Elle pose la main sur la poignée.

– Rosy, appelle-t-il.

Elle ne se retourne pas.

– Viens voir.

Il se précipite vers la fenêtre, l'ouvre, les oiseaux sont revenus, ils s'ébrouent, font voler les flocons comme des plumes.

La porte claque à cause du courant d'air. Une rafale traverse la maison. Jérôme se penche sur le balcon et lance dans le jardin le sucre qu'il avait gardé dans la main. Le cube de cristaux blancs disparaît dans la neige, sans laisser de trace – le puits minuscule refermé aussitôt, effondré sur lui-même. Ainsi disparaîtrai-je, se dit-il.

10

C'est la quatrième fois qu'Alexandre prend le train en cinq jours. Sur le quai de la gare de Lyon, il se félicite d'avoir si habilement fait ses bagages. Une petite valise compacte, munie de roulettes, se dresse le long de sa jambe. En bandoulière, il porte un sac d'appareil photo contenant, dans une poche extérieure facilement accessible, ses multiples billets. Le métier, songe-t-il, le métier ne vous quitte pas comme ça, du jour au lendemain.

L'entretien préparatoire avec Jérôme n'a pas duré plus d'un quart d'heure. Alexandre connaît les ruses nécessaires pour obtenir les informations cruciales sans que la personne interrogée ait conscience de les livrer.

Un nom, parfois, suffit.

C'est le seul moment où Jérôme a souri, où il a semblé se détendre.

– Le nom de jeune fille de ma mère ? Ça va te plaire. C'est presque une blague, comme si elle avait été prédestinée. Landau. Annette Landau. Elle aurait pu s'appeler Poussette, ou Couffin. C'est drôle, non ? Pour une femme qui recueille un enfant perdu ?

Alexandre a poursuivi l'interrogatoire comme si de rien n'était, afin que Jérôme ne se méfie pas. Il est important que le client demeure parfaitement ignorant jusqu'au jour de la révélation.

D'autres questions ont suivi, sur le métier, le niveau de vie, les fréquentations. Les deux hommes ont fouillé ensemble à la recherche de vieux justificatifs de domicile, de feuilles d'impôts obsolètes. Ils n'ont trouvé que les lettres envoyées par Jérôme à ses parents quand il était en colonie de vacances. De petites feuilles pliées en quatre, encombrées d'une écriture désordonnée, les mots s'étageant sur plusieurs niveaux à l'intérieur d'une même phrase, comme des notes sur une portée musicale – la mélodie contenue dans les paroles. Jérôme inscrit la date en haut à droite et son nom en haut à gauche, comme s'il s'agissait d'un devoir d'école. Il utilise l'expression « je m'amuse pas mal » qui serre le cœur d'Alexandre. À un moment, il est question d'un « moniteur méchant » et Alexandre ne peut se contenir :

– Pourquoi méchant ? Qu'est-ce qu'il t'a fait ?

– Je ne me rappelle plus.

Jérôme dit aussi à ses parents qu'il leur a acheté « une petite surprise avec son argent de poche ». Alexandre a eu les larmes aux yeux. Il s'est trouvé ridicule. L'amour lui fait ça, depuis toujours. Il fond.

– Il n'y a rien sur eux, tu vois ? a constaté Jérôme au terme de leurs recherches. Comme s'ils avaient tout brûlé.

– Peut-être l'ont-ils fait, a répondu Alexandre.

– Qu'est-ce que tu insinues ?

– Rien. Je sais seulement que certaines personnes ne souhaitent pas garder de traces du passé.

– Quel genre de personnes ?

– Il n'y a pas de règles.

Lors de la première étape de son enquête à la Bibliothèque historique de Paris, dans le Marais, Alexandre a croisé de nombreux touristes. Il a indiqué leur chemin à plusieurs d'entre eux. C'est ici qu'il a vécu, durant quatre ans, avec sa femme, Eva. Elle louait pour presque rien un logement sous les toits, sans eau, mais avec électricité. Chaque matin, ils remontaient des brocs dans l'escalier tortueux, constellant les marches de gouttes sombres. Ils partageaient les toilettes avec deux sœurs jumelles, Louise et Marie-Louise, suffragettes nonagénaires aussi vives que deux cabris. Ce quartier ne ressemblait pas à ce qu'il est devenu. Le ronron des machines à coudre était omniprésent, les débris s'accumulaient le long des trottoirs, les immeubles étaient noircis au charbon, les bandes de voyous s'affrontaient sans répit. Alexandre n'y était pas revenu depuis cette époque et a savouré la familiarité des carrefours, s'est indigné des rénovations, a songé aux rades disparus, remplacés par des boutiques luxueuses et des terrasses de café emplies d'hommes qui le regardaient.

Il remercie mentalement Jérôme de l'avoir missionné pour ce pèlerinage.

Dès qu'il avait entendu le nom de jeune fille de la mère de son ami, il avait su qu'il retournerait sur le territoire de sa jeunesse et s'était empressé de faire son sac, comme invité à retrouver ses propres traces.

— Je souhaiterais consulter le dossier d'une personne étrangère naturalisée juste avant ou juste après guerre, a-t-il déclaré à l'accueil de la bibliothèque.

Il ne fait qu'appliquer la méthode dite du « pot de confiture ». Seule bribe recueillie : un nom et, tout autour, du vide, du silence. Six lettres en farandole dansent au milieu de nulle part. L'absence d'indices constitue parfois un élément plus significatif, plus puissant qu'une accumulation de détails. Un destin comme avalé par un trou noir. Tout a été absorbé, lumière, son, matière. Seule reste l'identité.

Alexandre songe à ses recherches, à l'excitation de la quête, à la joie de la découverte et à leurs contraposées immédiates, la sidération du réel, l'horreur de la vérité. Les enquêtes débouchent rarement sur de bonnes nouvelles. Celui qui creuse ne doit pas s'attendre à déterrer un trésor. Au fond, tout au fond, c'est toujours la fange, la pourriture, l'envie, la cruauté ; la vérification que le mal règne, que le crime est à la portée de chacun et le goût de détruire, au cœur de l'humanité. Qu'est-ce que je cherche, finalement ? se demande-t-il. N'en ai-je pas assez ? N'est-il pas temps de conclure, d'accepter que l'homme est un loup pour l'homme ? Quel gâchis, tout ce temps passé à réfléchir pour retomber sur un dicton que la sagesse populaire ressasse depuis des millénaires. À quoi bon trouver des excuses à Caïn et des circonstances aggravantes à Abel ? Comment puis-je espérer révéler un autre motif que celui, si éculé qu'il en devient grotesque, de la faux ou de la tête de mort ? Il n'y a rien au-delà, et que comprend-on, une fois le puzzle terminé ? Qu'apprend-on qu'on ne sache déjà ?

En formulant sa demande de dossier de naturalisation, Alexandre a été traversé par un effroi familier. C'est une odeur fade, un parfum bon marché, toujours le même, si fin que soit le flair du limier, l'effluve banal de la mort.

Une jeune femme, aux yeux visant résolument deux directions opposées, lui a conseillé d'aller consulter sa collègue au Centre d'accueil et de recherche des Archives nationales, rue des Quatre-Fils.

Un ciel bleu, ponctué de nuages blancs, se reflétait dans les flaques avec précision. Les trottoirs lui semblaient plus étroits qu'autrefois. Les façades étaient trop pâles, comme récurées, renvoyant en biais, sur les visages des passants, une clarté d'or.

Aux Archives, il a obtenu le numéro de décret correspondant à la date de naturalisation d'Annette Landau. Contrairement à Jérôme, il sait identifier la provenance d'un nom. Ça aussi, c'est le métier, a-t-il songé en se mentant à lui-même, car il ne s'agit pas d'expérience, mais d'hérédité, ou plutôt d'héritage.

C'était la spécialité de son père : repérer les noms étrangers, les patronymes tronqués : « Tiens, par exemple, Dembin, le droguiste, disait-il à son petit garçon. Eh ben, c'est Dembinski. T'as compris la combine ? »

L'inspecteur Cousinet senior se faisait une haute idée de la pédagogie. Il aimait les charades, les rébus, les mots croisés. Ces jeux ennuyaient Alexandre qui

171

préférait dessiner des formes (des gribouillis, selon son père), des chemins colorés sur des feuilles qu'il détachait de vieux journaux aux titres vibrants comme *Le Cri du peuple de Paris* ou *Le Pays Libre*. Son esprit s'était développé ainsi, dans les détours et les contours qu'il traçait, avant même de savoir lire, autour de mots dont l'encre au plomb déteignait sur ses doigts. Il avait l'impression qu'en suivant, de son index noirci, les méandres de pastel, il parviendrait à un autre genre de lecture, à la fois plus allusive et plus profonde.

Muni du numéro de décret, il était en mesure d'accéder au dossier de naturalisation, mais pour cela, il fallait quitter Paris.

Au cours de la seconde étape, au Centre des archives contemporaines à Fontainebleau, Alexandre a surtout fréquenté des étudiants.

Courroucés, le teint gris, ils fumaient trois cigarettes d'affilée lors de leurs rares pauses, au pied du drapeau français dressé au sommet d'un mât devant l'entrée. Il les avait reconnus dès le train, et son intuition s'était confirmée dans la navette. Ils souffraient de s'être levés tôt, n'avaient qu'un mauvais café dans le ventre. Les débutants n'avaient pas prévu de sandwich et ils le regretteraient, une fois arrivés sur le site inhospitalier, aussi laid que les hôtels particuliers qu'il avait visités la veille étaient beaux. Alexandre s'amuse en pensant que les archives contemporaines sont conservées dans un endroit qui manque à ce point de charme, comme si l'architecture envoyait un message concernant l'histoire récente : « Ici, c'est la fin de la beauté, n'espérez rien. »

Dans la salle de consultation, il s'est trouvé assis face à une chercheuse asiatique d'une cinquantaine d'années. Sa chevelure noire était partagée par une mèche blanche qui captait à la perfection la lumière du carré de néon placé juste au-dessus de sa tête. De temps à autre elle basculait vers l'arrière son large visage, comme pour prendre un bain de soleil dans le halo bleu et froid dirigé sur elle. Les yeux fermés, elle inspirait profondément.

Il a été tenté de l'imiter, mais, craignant qu'elle ne le prenne mal, s'est contenté de faire glisser sa chaise en bois blanc sur les dalles immaculées. Un petit mouvement de recul avant d'examiner le dossier de naturalisation d'Annette Landau, veuve Abramowicz.

C'était écrit, dès les premières lignes, au-dessous de la date du 22 juillet 1953 : Annette avait été mariée avant-guerre. Son époux était mort en déportation. Alexandre a photographié le document.

Plus bas, il a appris qu'Annette avait passé les deux dernières années de la guerre en captivité, dans un camp de travail en Suisse.

Il aurait pu s'arrêter là. Dire à Jérôme que sa mère était une étrangère, une juive de l'Est, et que son premier mari avait été assassiné par les nazis. Mais une question l'a poussé à continuer : Comment Jérôme s'était-il arrangé pour éviter de comprendre ? Comment l'enfant trouvé était-il parvenu à demeurer dans l'ignorance ? C'était sans doute un secret, une vérité enfouie. Depuis quand ?

Alexandre a relu le dossier et l'a trouvé d'une concision presque louche, comme si on avait simplifié le portrait, tracé une silhouette à gros traits en omettant la caractérisation la plus élémentaire. Instinct ou métier, cette fois, il n'aurait su dire ; certitude, en tout cas, qu'un élément lui échappait.

Cacher la vérité est un effort dont beaucoup ignorent l'intensité ; cela exige une attention, une retenue de chaque instant. Si Jérôme n'a rien compris, c'est parce qu'on l'a empêché de comprendre, et si on l'a empêché de comprendre, c'est parce qu'on a jugé que la vérité était intolérable. C'est le mythe de l'imbécile heureux, de l'ignorance comme voie d'accès rapide et sûre au bonheur. On l'a protégé parce qu'on l'aimait. On a préféré qu'il soit idiot plutôt que malheureux. Alexandre était touché par cette sollicitude, mais l'expérience lui avait appris qu'au bout d'un certain temps, les choses se retournent et qu'on finit par éprouver, en retour, le malheur d'être idiot.

Il lui fallait à présent retrouver le procès-verbal d'arrestation, remonter encore un peu le temps, et, pour cela, se déplacer de nouveau, aller jusqu'en Suisse.

La petite somme que lui avait confiée Jérôme ne suffirait pas à couvrir les dépenses de ce dernier voyage, mais c'était un cadeau qu'il était heureux de lui faire.

Il avait pensé, au départ, refuser toute transaction.

– Je touche ma retraite. Ça, c'est en plus, c'est pour le plaisir.

Mais Jérôme avait insisté.

— C'est mieux que je paie. Je pourrais faire les démarches moi-même, mais…

— Tu mettrais un temps fou. Quand on n'a pas l'habitude, on s'affole. On ne sait pas par où commencer.

— Non, c'est autre chose. Dès que j'essaie de me concentrer là-dessus, que je me souviens, que je tente de comprendre ce qui manque, ça crée un vertige. J'ai les jambes qui tremblent et aucune image ne se forme dans mon cerveau. Tout est blanc. Plus je réfléchis et plus ça disparaît.

— Ça me fait plaisir de t'aider.

— Il faut que je paie.

Ayant pris sa place à bord du Lyria, Alexandre étudie un plan de Bern. Il localise d'abord la pension Martha, dans laquelle il a réservé une chambre, puis orne d'un point rouge sur sa carte dépliée l'emplacement des Archives confédérales du canton. Si le temps le permet, il fera le trajet à vélo. Il ouvre son carnet et note l'adresse et le numéro de son hôtel, puis les coordonnées du centre de recherche. Il songe à cet autre aspect de sa méthode : tout écrire. Ça aussi, ça lui vient de son père. Écrire et relire.

Dans ses carnets, l'inspecteur Cousinet senior parlait de lui-même à la troisième personne. « Cousinet planque au Zanzi, rue Neuve-des-Cloîtres, il commande une bière, descend aux toilettes passer un coup de bigo. Paie sa mousse au comptoir… » Alexandre entendait la voix de ténor à l'accent des faubourgs dès qu'il ouvrait un des cent volumes

175

noirs reliés de rouge dont il n'avait pas réussi à se séparer après la mort de son père.

Et puis un jour, il les avait brûlés, tous, dans une clairière en forêt de Rambouillet. C'était un mardi à l'aube. Trois heures pour consumer dix kilos de papier. Un trésor part en fumée, pensait-il en regardant les pages incandescentes rougeoyer longuement avant de noircir et tomber en poussière. Il aurait pu les confier à un musée : musée de la Police, musée de la Délation, musée des Écrivains ratés ?

Il retourne aux premières pages de son propre carnet, celles où il a consigné le récit de l'enterrement d'Armand. Un croquis représente le cimetière, des silhouettes entourent le cercueil. Grâce à de minuscules flèches, il a identifié les personnages principaux : le père, massif, dont l'épaule droite est surmontée d'un cercle – un oiseau s'était posé là, se rappelle-t-il. Une boule de plumes ébouriffée par le froid ; la mère plus petite, plus étroite, le crâne orné d'un chignon trop lourd pour elle ; et, juste à côté, les frères. Des menhirs, une famille de menhirs. En face, un autre personnage est surmonté d'une étoile à cinq branches. Il reconnaît Jérôme. Se souvient du premier regard qu'il a posé sur lui. Mon genre, a-t-il pensé, résigné d'avance. Son genre : naïf, maladroit, démuni, petit garçon à sa maman qui fait chavirer le cœur des femmes. Au-dessus de la tête de Paula, il avait tracé une astérisque et sur celle de Marina, une simple croix.

Il avait appris la nouvelle de l'accident dans le journal local. C'était deux mois à peine après la disparition de Clémentine Pezzaro. Les jeunes qui manquent à l'appel, avalés par on ne sait quel ravin, on ne sait quelle rivière, quel lac, quel fossé ; les vies arrêtées à leur commencement. Il n'a jamais pu le supporter. Il s'était rendu aux obsèques pour voir, pour comprendre. Il avait dévisagé la bande de lycéens, les bénissant à tout hasard, priant pour qu'ils soient épargnés. Les yeux étaient rouges, les mâchoires pendantes, les pieds en dedans, les genoux fléchis vers l'intérieur, les dos voûtés, les mains bleues. Tous regardaient le trou, effarés. Seule une fille au faciès aztèque promenaient ses yeux noirs bridés de droite à gauche, comme aux aguets. La mobilité de ses iris d'agate contrastait avec la placidité de son corps solide. Elle réfléchit, s'était dit Alexandre. Elle aussi essaie de comprendre, ou alors, elle sait. Ses sourcils très fins, placés haut sur son front frémissaient parfois, comme traversés par une décharge électrique. Elle scrutait les visages, semblait chercher un absent dans la foule. « Cérémonie sobre. Rumeurs. Pas de service religieux. La grand-mère chante. Désordre dans les rangs. Dispersion colérique d'une partie du cortège. Discours du père en italien. Un type bien », relit-il.

Alexandre referme son carnet, caresse la couverture noire, laisse son index glisser le long de la reliure rouge. Il pense à Annette Landau, née en 1910, à Lodz, en Pologne, arrivée à Paris à onze ans, diplômée en comptabilité à seize, ouvrière en confection jusqu'à son mariage avec Meyer Abramowicz en 1929. Elle a obtenu la nationalité française au terme de sa neuvième demande en 1953, la première datant de septembre 1925.

Il tire d'une enveloppe une photographie que lui a confiée Jérôme. Annette doit avoir entre cinquante et soixante ans. Ses cheveux sont très courts et intégralement blancs, son teint mat. Elle regarde l'objectif, une cigarette au coin de la bouche, les paupières plissées à cause du soleil. On croirait qu'elle fait un clin d'œil au photographe. Son visage est maigre et très ridé, mais ses épaules sont rondes et sa poitrine pleine. Le cadre s'arrête à la taille. Elle porte une chemise bariolée largement ouverte et, au cou, un collier d'ambre aux perles grosses comme des calots. Alexandre pose le cliché sur la tablette fixée au siège devant lui. Il a toujours pensé qu'on devrait faire disparaître les portraits à la mort des modèles. Comment peut-on accepter de contempler un visage qui n'est plus ? C'est trop cruel et, surtout, c'est faux. Contrairement aux visages peints, figés par l'approximation du pinceau, les visages photographiés conservent une vie troublante, une charnalité trompeuse.

Alexandre glisse la photo entre deux pages de son carnet et s'endort, les mains croisées sur la couverture, comme pour se livrer à un exercice de spiritisme.

La patronne de la pension Martha n'est pas commode. Elle lance le formulaire à remplir en travers du comptoir et refuse de parler français, alors qu'un petit écriteau posé devant elle annonce un trilinguisme allemand / français / italien.

– Are you Martha ? demande Alexandre.

Elle secoue la tête.

178

– My name Sofia, répond-elle, laconique, sans le regarder.

– Who is Martha, then ? tente-t-il, dans l'espoir de la dérider.

– Nobody.

Il n'insiste pas et gagne sa chambre sous les toits. Le plafond est si bas qu'il peut le toucher du bout des doigts, le lit si étroit qu'on le croirait prévu pour un enfant. Il s'assied, les pieds posés sur sa valise, laissant la boue collée à la semelle de ses chaussures en maculer la toile sombre. Qu'est-ce que je fais là ? se dit-il, la tête dans les mains, blessé par la froideur de l'hôtelière, la fatigue du voyage, la solitude, l'absurdité de sa quête. Il y a quelques mois, je ne connaissais pas l'existence de cet homme, songe-t-il, et je me retrouve en Suisse, à mes frais, pour me documenter sur la vie de sa mère. À quoi ça rime ?

Il est neuf heures du soir. La pension ne sert pas de repas. Il a mangé son dernier biscuit dans le train. Me voilà puni, pense-t-il. Au lit sans dîner. La douceur de l'habitude, la mélancolie familière l'apaisent. Il s'étend sur le petit matelas, rendu à son enfance silencieuse et recluse. Il tend l'oreille, espérant capter un grincement de porte, le craquement d'une latte, en vain. Une sirène à deux notes résonne dans une rue voisine. Comme je suis loin, songe-t-il, les yeux fermés sur les paysages filant à travers les fenêtres de tous les trains qu'il a pris.

Êtes-vous juive ?
Oui.

Pourquoi avez-vous passé la frontière illégalement ?

Parce que je suis juive. On ne peut pas rester en France, c'est très dangereux pour nous, vous savez ?

Avez-vous de la famille en Suisse ?

Non.

Qui vous a aidée ?

Mon cousin.

C'est lui qui vous a fait passer la frontière ?

Non.

Qui vous a fait passer ?

Une femme. Une femme habillée en homme. Elle portait une casquette et parlait une langue étrangère. Une langue que je ne parle pas. Ni le français, ni l'allemand, ni le polonais, ni le russe.

Elle était seule ?

Oui.

Et vous ?

Non. Nous, nous étions nombreux.

Combien ?

Je ne sais pas. Huit, peut-être douze. Il y avait aussi deux enfants.

Avec leurs parents ?

Non, seuls.

Vous êtes mariée ?

Oui.

Où est votre mari ?

Je ne sais pas.

Vous avez des enfants ?

Oui.

Combien ?

Quatre.

Où sont-ils ?

Je ne sais pas.

Quand les avez-vous vus pour la dernière fois ?

Il y a plusieurs semaines.

Où ?

Nous étions passés ensemble en zone libre, tous les six. On avait le nom de quelqu'un, dans un village, près de Bergerac. Dès qu'on a été en sécurité, je suis remontée à Paris pour aider ma sœur à nous rejoindre. Elle a eu la polio. Elle marche mal. Elle a un petit garçon. Mais je ne les ai pas trouvés chez eux. La voisine m'a dit qu'ils étaient partis. J'ai demandé s'ils avaient été emmenés par la police. Elle n'a pas répondu et a claqué la porte. Donc ils ont été emmenés par la police, non ? Alors je suis retournée en Dordogne. Mais quand je suis arrivée là-bas, il n'y avait plus personne. On m'a dit qu'il y avait eu des dénonciations. Mon mari et mes enfants avaient dû partir plus au sud. J'ai retrouvé mon cousin et il m'a dit que c'était trop dangereux maintenant, qu'il fallait quitter le pays. Moi, je voulais rester, pour les enfants, mais mon cousin m'a convaincue. Il m'a dit qu'une maman vivante, même loin, c'est mieux qu'une maman morte tout près.

Alors on est partis. On marchait la nuit. Je ne connais pas le nom des endroits par où on est passés. À un moment, il s'est mis à faire plus froid et on grimpait beaucoup, j'avais mal aux jambes.

À la frontière, on a rejoint d'autres gens. Des juifs. Mon cousin a donné une enveloppe à la femme déguisée en homme.

Qu'est-ce qu'il y avait dans l'enveloppe ?

Je ne sais pas. Je ne crois pas que c'était de l'argent. Je ne comprends pas ce que ça pouvait être d'autre. Mon cousin et moi, on s'est quittés à ce moment. Lui, il est resté en France.

Votre cousin est résistant ?

Nous sommes tous résistants. Nous résistons tous.

À chaque fois qu'il doit tourner une page, Alexandre la photographie. Il fait le point avec beaucoup de soin et cadre au plus serré. Son nez coule. Les larmes tombent sur le procès-verbal d'arrestation d'Annette Abramowicz, née Landau, établi par la police suisse, le 11 avril 1943.

11

Sur le comptoir du Bar des Sports, Jérôme joue avec ses clés de voiture jumelles. Une dans chaque main, il les fait avancer sur le zinc, se rencontrer, puis s'éloigner. Il a une conscience vague de ses gestes. Ce n'est que quand le regard de Bruno, le patron, se fixe sur ses doigts qu'il se rend compte du ballet ridicule auquel il se livre. Il sourit, réunit ses deux trousseaux et les enfouit dans sa poche en disant : « J'ai failli les perdre ! », comme si cela pouvait tout expliquer. Le patron pense qu'il parle des clés, alors que Jérôme parle d'une clé et de Vilno Smith. Les malentendus ont du bon, finalement. Jérôme goûte l'apaisement particulier que procure l'aveu paradoxal, celui qui ne coûte rien car la vérité y demeure masquée. Il envisage un monde dans lequel on ne s'exprimerait qu'ainsi, protégeant coupables et victimes derrière d'épais paravents de pronoms.

Jérôme boit. Il n'a pas l'habitude des alcools forts. Bruno lui a donné le choix entre deux whiskys, il a choisi celui avec l'étiquette noire.

— Tu vas la revoir, ta fille, lui dit gentiment le

patron. Ils vont tous partir de toute façon, nos gosses. Qu'est-ce que tu veux qu'y foutent ici. Mathias, c'est pareil. Une fois qu'il aura son bac – et même s'il l'a pas.

Jérôme avale son whisky, en commande un autre.

– T'as raison, t'en profites, dit Bruno. Allez, le prochain, c'est pour la maison.

C'est agréable, songe Jérôme, cette chaleur, l'alcool, la solidarité paternelle. Quand on ne peut pas vivre ce qu'on doit vivre, se souvient-il. Oui, c'est ce qu'avait dit Rosy. C'est exactement ça, je ne peux pas vivre ce que je dois vivre. Il faudrait pouvoir garder la joie et retrancher l'horreur.

La joie. Vilno Smith frappe à la porte de l'agence. Elle attend qu'il vienne lui ouvrir.

– Je peux entrer ?

Comme elle est polie. Comme elle est jolie.

– Vous m'avez oubliée ?

– Non, je n'avais pas votre numéro…

– Bla-bla-bla. C'est facile de trouver les gens quand on cherche.

– Merci pour les clés.

– Pas de quoi. Je finis toujours par rendre ce que je prends.

– Vous voulez revoir la maison ?

– Non. C'est vous que je veux revoir. Donnez-moi la main.

Une paume contre sa paume et c'est comme s'il avait mis ses doigts partout, sous la nuque, contre la plante des pieds, entre les cuisses, sur les seins, aux aisselles, à l'arrière du genou.

L'horreur. Le lendemain. Le soir tombait, bleuté. Une douceur oubliée descendait du ciel. La peau était reconnaissante à l'air de ne pas la pincer. Tout le corps s'abandonnait à la gratitude, au répit. Jérôme se promenait dans sa cour fondue, salie par le dégel. Il voulait cueillir la haute tige et son pompon saugrenu, la fleur de carotte effrontée qui avait percé le tapis de neige à l'endroit du parterre planté par Armand. Et puis, comme ça, pour le plaisir, par désœuvrement, il s'était mis à gratter la terre. D'abord avec douceur, profitant de la texture souple, parfois presque liquide ; mais bientôt, avec fièvre, comme un chien, comme un cochon, y plongeant les coudes, le visage, sans un bruit, contenant les gémissements, le cœur dans les tempes, la bouche douloureuse. Sous ses doigts experts, il avait senti des fragments : moins coupants que du silex, plus résistants que du calcaire, moins tendres que du bois, moins filandreux que des racines. Et, juste après, l'angle, le coin, la froideur du métal. Il avait hésité un instant à faire remonter ses trouvailles. Il avait repris son souffle.

Des os poissés de boue, une croix en argent.

12

Alexandre a quitté les Archives confédérales en début d'après-midi pour regagner sa chambre à la pension Martha – sa chambre qui, bien que minuscule, offre un accès Internet à haut débit. Il sait que pour retrouver le numéro d'un convoi à destination des camps d'extermination, il convient d'inscrire sur le site du Mémorial de la Shoah les nom et prénom des victimes. La simplicité de cette opération l'a toujours empli d'horreur. Il se souvient du jour où, ayant appris l'existence de cette base de données, il avait effectué la manipulation au hasard, utilisant « Joseph Klein » pour sésame, comme il aurait choisit « Jean Dupuis » dans d'autres circonstances. Mais il n'y a pas d'autres circonstances. Il s'était senti complice de l'ignominie lorsque la machine avait répondu à sa requête avec toute la froideur de la technologie, révélant sous ses doigts les date et lieu de la mort d'une personne réelle. Il se serait volontiers passé de cette perte d'innocence, qui aurait fait doucement rigoler son père, mais qui lui avait laissé un dégoût persistant pour lui-même. À quoi avait-il joué ?

Assis sur son lit, les doigts gelés, il a commis plusieurs fautes de frappe – lapsus tactile qui conserve un instant le mort en vie. « Aucun résultat » s'affiche, et Alexandre respire. Mais il s'obstine, entre de nouveau les nom et prénom, correctement orthographiés cette fois, et le long cadre rectangulaire gris sur fond bleu ciel et blanc apparaît sur l'écran, irréfutable. État civil suivi, dans l'ordre, du numéro de convoi, du lieu de départ, de la date de naissance, du lieu de naissance, et, pour finir, de la présence sur le « mur des noms ».

Il existe deux numéros différents pour Meyer Abramowicz et pour ses enfants. Alexandre ne s'explique pas pourquoi ils ont été déportés sans leur père. Cette énigme le heurte, peut-être à cause de l'absence apparente de logique au sein d'un système qui en est saturé. Il aimerait savoir comment ils ont été séparés. Mais qu'importe. Au moment où Annette est arrêtée en Suisse, son mari est déjà mort, ses enfants, en route pour Auschwitz. Elle ne sait rien. Elle les croit à l'abri, quelque part dans le Sud. Alexandre voudrait la protéger, faire en sorte qu'elle n'apprenne jamais. Il voudrait la tuer. Mais les Suisses ont d'autres projets pour elle. Elle est courageuse, forte, en bonne santé. Elle travaille. Elle survit.

Alors qu'il note les prénoms des enfants dans son carnet, une nouvelle vague de tristesse écrase la première.

À trente ans, lassé de la routine, il avait suivi un stage auprès de Patrick Fontier, un drôle de garçon que lui avait présenté son ex-femme. Fontier était espion. Il n'en faisait pas mystère. Il l'avouait au bout d'un quart d'heure de conversation, avec un léger sourire qui autorisait ses interlocuteurs à ne pas le croire. On le prenait pour un affabulateur. Alexandre avait compris que c'était une méthode pour avoir la paix entièrement fondée sur le manque de curiosité des gens et leur propension naturelle à ne se fier qu'à la norme. Alexandre se passionnait pour l'exception. Il l'avait appelé.

– Je ne travaille pas avec la police, lui avait répondu Fontier d'un ton aimable.

– Tu as raison, avait convenu Alexandre. J'aimerais pouvoir en dire autant.

Fontier avait ri, et ils s'étaient rencontrés dans un café près de la Nation.

– Je voudrais apprendre à voir les choses autrement, avait dit le jeune inspecteur.

– C'est une idée.

Fontier avait rapidement découvert les talents de décodeur de son élève. Les suites de chiffres ou de lettres lui livraient presque spontanément leurs secrets. Il travaillait à l'aide de couleurs, traçait des serpentins de pastel hasardeux avec la patience et le sérieux que la plupart des individus perdent vers l'âge de cinq ans.

Les deux hommes s'entendaient bien, se parlaient peu, s'amusaient beaucoup. Alexandre avait été sur le point de suivre les traces de Fontier, mais, au même moment, il était tombé sur sa première affaire de disparition d'adolescent et sa vocation s'était rappelée à lui.

Ce qu'il avait appris de son camarade continuait à lui servir. Sa théorie du motif, qui n'avait rien à voir avec celle, si commune et si fausse, du mobile, était née de là. À une lettre près, le monde s'éclairait différemment : il avait abandonné le dessein pour le dessin, et un nouveau genre de connaissance s'était offerte à lui.

Les pieds sur sa valise, il relit dans son carnet les prénoms des enfants d'Annette. Les quatre enfants qu'elle a eus avant Jérôme, qu'elle a mis au monde, élevés jusqu'à onze, neuf, huit et quatre ans, et qui ont été affamés, déshabillés, gazés, brûlés. Le flou déforme les lettres, les fond, les ordonne autrement. L'évidence serre la gorge d'Alexandre. Son travail de profanation – ou de sépulture, comment savoir ? – n'est pas terminé.

13

De la paille dans les cheveux, Vilno Smith est couronnée d'or. Son grand corps bleu repose sous la lune. Elle se fiche du froid. Elle se fiche de tout. Elle chantonne en caressant la tête de son amant posée sur son ventre. Jérôme touche ses genoux, dépose des grains de blé sur ses cuisses. Dans le grenier de la porcherie, ils font l'amour le jour, la nuit, tout le temps. Parfois Vilno apporte une bouteille de vin blanc frais et dit : « Schnaps ? » en tendant un verre. Jérôme boit. Il s'endort, se réveille gelé, part travailler, court jusqu'à sa voiture, ne se réchauffe jamais. Dans sa veste, entre son carnet et son cœur, trois osselets et une croix forment son reliquaire de poche.

– C'est quoi ? demande Vilno qui l'a détroussé pendant son sommeil.

14

Il est temps pour Alexandre de quitter Bern.

À la réception de la pension Martha, Sofia lui demande, dans son anglais elliptique, s'il désire qu'elle lui réserve un taxi pour la gare. Il ne répond pas, la regarde, attendri par les très légères taches de rousseur qui ornent le bout de son nez pointu. Derrière elle, dans un cadre en bois, une photo de femme en noir et blanc est accrochée au mur. Est-ce Martha ? se demande-t-il. Elle le fixe, un reproche aux sourcils.

Tard dans la nuit, quelques jours plus tôt, il a repris ses recherches à l'aide de son ordinateur, noir et lisse comme une pierre tombale. Il a attendu qu'un demi-sommeil s'empare de lui pour vérifier son intuition. Il a introduit le nom Dampierre dans le système de recherche. En quelques secondes, le résultat qu'il redoutait est apparu, lui révélant l'identité des deux enfants que le père de Jérôme avait eus avant-guerre. L'hypothèse était confirmée.

Depuis, la douleur ne le quitte plus. Il cache ses mains dans ses poches, ne peut regarder ses doigts sans répulsion. Il a honte d'avoir trouvé, d'avoir compris.

Cela fait plus d'une semaine qu'il arpente les rues de la ville, s'assied dans des brasseries, regarde passer les gens, étudie les visages, les expressions, les gestes. Ils les voit vivants, les imagine morts. Il se nourrit mal et l'inanition l'exalte, creuse des ornières dans son ventre et dans sa tête, provoque des visions. Il compte et recompte l'argent qui lui reste, s'épuise en soustractions.

— You want me call taxi ? répète Sofia.

Alexandre secoue la tête. Il marchera jusqu'à la gare, traînant sa petite valise à roulettes remplie d'histoires qui ne le concernent pas, mais qui, pour le moment, n'appartiennent qu'à lui.

15

— Voleuse ! dit Jérôme.

— Non, pas voleuse, corrige Vilno, chercheuse. Tu ne parles pas, alors je fouille. C'est juste.

— Au point où j'en suis. Qu'est-ce que ça change ?

— Tu me fais beaucoup d'effet, poursuit-elle, sur le ton du constat. Dès que tu me touches, hop ! Si tu me regardes, hop ! Pourtant tu es un péquenot de la campagne.

— C'est un pléonasme.

— Qu'est-ce que c'est un pléonasme ?

— C'est moi. Péquenot, ça veut dire paysan. De la campagne, c'est pareil. Tu dis deux fois la même chose. Paysan de la ville, ça n'existe pas.

— On s'en fout. Pourquoi tu parles comme ça ?

— Comment, comme ça ?

— Tu parles bizarrement pour un péquenot de la campagne.

— C'est toi qui parles bizarrement, parce que tu es anglaise.

— Écossaise.

— C'est pareil.

— Non.

– Pour moi, c'est pareil.

– Parce que tu es un péquenot de la campagne.

– C'est ça.

Elle joue aux osselets avec le reliquaire.

– Dis-moi ce que c'est, supplie-t-elle. J'adore les histoires macabres.

– Tu vas être servie.

Jérôme l'emmène chez lui, montre le petit jardin, le portail, l'emplacement du parterre de fleurs. Ils retournent au salon pour consulter l'album de photos. Il s'agace de ne pas y trouver de portraits récents de Marina. Vilno ne dit pas qu'elle l'a vue à l'agence, qu'elle a admiré la vigueur de ses poings, qu'elle a ri en voyant Jérôme sous la pluie de ses coups. Il lui parle de Clémentine.

– Je ne vois pas le rapport entre toutes ces choses, fait Vilno, très doucement.

– C'est Armand. C'est l'amoureux de ma fille qui a tué Clémentine Pezzaro, lâche-t-il. En rentrant chez moi, le jour où tu m'as volé la clé de voiture, je suis passé par la ruelle. Mon pied s'est enfoncé dans la terre, comme dans du sable mouvant. Quand j'ai retiré mes vêtements mouillés, j'ai entendu un petit bruit sur le carrelage. C'était une bague avec une tête de mort qui s'était coincée dans ma chaussure. La jeune fille qui a disparu portait ce genre de bijoux. Ce sont ses os que j'ai trouvés. Armand a planté des fleurs par-dessus la tombe de la fille qu'il a tuée.

Vilno écarquille les yeux.

– Cousinet m'a dit que c'était le père de la gamine qui avait vendu la moto à Armand, poursuit Jérôme. Le père Pezzaro a vengé sa fille. Il a trafiqué le moteur de l'assassin. C'est pour ça qu'il a retiré la plainte, parce qu'il s'est fait justice lui-même.

— Mais pourquoi le jeune homme a tué la jeune fille ? demande Vilno.

— Je n'en sais rien. Peut-être qu'ils ont eu une histoire ensemble et qu'elle a menacé de le dire à Marina.

— On tue pour ça chez vous ?

— Peu importe. J'ai réussi à détourner l'attention de l'inspecteur, mais ça ne va pas durer. Il va revenir.

— Et alors ? Tout le monde est mort maintenant. C'est égalité. On s'en fiche.

— Et Marina ? Si elle l'apprend, le monde s'écroule. C'est son premier amour.

Vilno éclate de rire.

— Tu es tellement fleur bleue, dit-elle.

— Imagine qu'elle soit complice. Si Alexandre l'apprend, il va vouloir la questionner. Ça le passionne ces histoires d'adolescents. Il va vouloir fouiner partout.

— Qui c'est, Alexandre ?

— C'est le même.

— Le même quoi ?

— Alexandre, Cousinet, l'inspecteur, c'est la même personne. Il enquête sur la disparition de Clémentine Pezzaro. En ce moment il fait une pause parce que je lui ai demandé de chercher des renseignements sur mes parents, mais ça ne va pas durer.

— Pourquoi sur tes parents ?

Jérôme regarde Vilno. Ses larges yeux dorés, ses cheveux courts ébouriffés, son menton volontaire, sa tête de folle. Une étrangère, se dit-il. Une inconnue.

Elle ne sait rien de moi. Elle veut me connaître, mais elle ne me connaîtra jamais. Ça ne sert à rien de faire l'amour. Les corps sont muets.

— Mais pourquoi Armand l'a enterrée chez toi ? insiste-t-elle en manipulant les osselets.

Jérôme est décontenancé par la question.

— Qu'est-ce que ça peut faire ?

— Tout. Ça peut tout faire. Ou tout défaire. Un garçon aime une fille, il couche avec une autre, elle menace de parler, il la tue. Pourquoi pas ? Moi je trouve que ça ne tient déjà pas debout. Mais bon. Pour te faire plaisir, je suppose que tout ça est vrai. Ensuite, une fois qu'il a tué la fille, il vient l'enterrer dans le jardin de sa fiancée ? Ça ne marche pas.

— Comment tu sais ?

— J'ai lu beaucoup de romans policiers. C'est un sport national chez nous.

— Et les fleurs, alors ?

— Cadeau.

— Quoi, cadeau ?

— Cadeau d'amour à ta fille. Normal.

— Et la bague ?

— Mystère.

Vilno se tait un instant, réfléchit, et s'écrie :

— Voilà ! J'ai trouvé. Le père a tué sa fille. Et il l'a enterrée chez toi pour qu'on croie que c'était Armand le coupable. Comme ça, ça marche.

Deux jeunes gens ont disparu, pense Jérôme, et nous voici perdus en conjectures absurdes. Je vis dans un monde qui manque d'effroi. Le mal est là, quelque part, partout, et nous rions, insouciants, immoraux, sans conscience du danger. Ah, l'innocence ! Le mot le blesse, il ne sait pourquoi, comme une arête piquée en travers de sa gorge.

Il va falloir que je la tue, se dit-il, en regardant Vilno. Ensuite il faudra que je tue Alexandre et peut-être, alors, serai-je tranquille. L'histoire ne sera plus qu'un mauvais rêve, je n'aurai qu'à me dire que rien de tout cela n'a existé – la simplicité du plan l'enivre. Et, pour finir, je me tuerai, moi. Ce crime sera sans témoins – la perfection du projet le séduit. Puis il pense au père Pezzaro et à Rosy. Eux aussi, pour bien faire, devraient y passer – exaltation du grand ménage.

Dans la forêt, une pousse de fougère déplie imperceptiblement ses doigts piquetés de spores. C'est lent, c'est silencieux, personne ne la voit, pas un spectateur pour assister à cette performance, et pourtant, elle a lieu. Jérôme est pris de vertige en pensant à tout ce qui arrive à l'insu du monde, toute cette vérité jamais constatée. Il renonce à son projet de massacre, pose sa tête sur les genoux de Vilno, respire l'odeur consolante de ses cuisses.

– Tu as du chagrin, dit-elle, penchée sur lui. Tu as beaucoup de chagrin. C'est ça ce que tu as, que les autres n'ont pas. C'est pour ça que je t'aime.

16

Il faut que quelqu'un écrive cette histoire, se dit
Alexandre, assis devant sa cheminée, les pieds dans
l'âtre qui déborde de cendres. Il a trouvé sa maison
froide et vide. Une odeur de citron moisi s'est répandue partout, malgré la température. La poussière qui
s'est déposée pendant son absence le nargue. Il
faut que quelqu'un écrive, se répète-t-il, carnet sur
les genoux, stylo entre les dents. Ce sera un récit
bref, il le voudrait plus long. Il ne dispose que de silhouettes, il faudrait des personnages. Il n'en connaît
que les grandes lignes, alors que la vérité se trouve
dans le détail. Il n'a rien bu ni rien mangé depuis
plus de vingt-quatre heures. Sa tête pèse le double
de son poids habituel, ses yeux se ferment sans
qu'il s'en rende compte, il se réveille en sursaut à
cause d'un tiraillement dans les cervicales. Parfois
il fait un rêve, très court, très dense, solide comme
une canine. Il ouvre grand les yeux, effaré. Son stylo
est tombé sur le tapis. Il ne le ramasse pas. Se rendort, mais pas vraiment. Il voit sa mère marchant à
reculons vers la barrière qui clôt le jardin de leur
pavillon. Elle les regarde, son père et lui, debout sur

le perron. La tête d'Alexandre atteint à peine la hanche de l'inspecteur Cousinet senior. La maman se tord les chevilles sur ses chaussures à talons. Elle a beaucoup de rouge à lèvres. Elle recule encore, très lentement. Elle tâtonne dans son dos à la recherche du portillon. Elle craint qu'ils ne la rattrapent, l'un ou l'autre. Mais ni le père ni le fils ne bougent. Alexandre pense que sa mère a honte. Il pense aussi qu'elle a peur et il sait qu'elle a raison. Son père est dangereux. Lui, il reste, il est obligé, parce qu'il est petit, parce que dans cette maison, il y a son lit et, sous son lit, un chat en peluche qui s'appelle Moumou. Il fronce les sourcils. Il a envie d'appeler, « Maman ! » ou de dire, « Au revoir, madame », mais il ne peut pas parler, ses dents sont trop serrées, sa bouche est trop petite. Il se réveille de nouveau, se frotte les yeux. Le carnet tombe sur le tapis, à côté du stylo.

17

– Nous sommes au mois du sorbier, annonce Vilno.
Les jours rallongent, les oiseaux gobent les baies,
les morts retournent dans leur tombe.

Elle vient de se lever, et sa voix est encore rauque.
Elle ouvre la fenêtre pour saluer l'arbre protecteur.
Jérôme regarde cette femme, qui n'a jamais froid,
se pencher, nue, dans l'air glacé. Au milieu de son
dos, un peu au-dessous des omoplates, sa colonne
vertébrale affleure. On peut compter les osselets.
C'est un jeu dont Jérôme ne se lasse pas. Elle se
retourne et sourit.

– Les morts cessent de nous hanter, dit-elle. C'est
la légende, mais c'est la vérité. Dans mon pays, on
plante toujours des sorbiers à côté des tombes parce
qu'ils ont un pouvoir. Ils empêchent les sortilèges.
Vous y croyez, vous, ici ?

Jérôme ne répond pas. Il s'étonne que le soleil
soit revenu. Il pensait ne jamais le revoir. Il s'étonne
que Vilno soit là, chaque matin, qu'elle peste contre
le thé français – « De la pisse », dit-elle –, qu'elle
ne le questionne plus, qu'elle le suive dans ses interminables promenades et qu'elle lui apprenne encore

des noms de plantes, lui qui croyait les connaître tous.

— C'est votre problème, à vous, les Français. Vous ne croyez à rien. Un peu au Père Noël quand vous êtes petits, mais après : interdit ! La raison. Il faut être raisonnable. Vous plantez des sorbiers pour attirer les oiseaux, et vous ne savez même pas qu'ils vous protègent, vous ne dites pas merci. Jamais.

— Merci, dit Jérôme d'un ton solennel, à peine redressé sur un coude. Merci, sorbier.

— Voilà, c'est bien. C'est mieux, dit Vilno en se recouchant sans fermer la fenêtre. Je vais devoir partir.

Non, pense Jérôme. Pas ça. Je ne pourrais pas supporter un départ de plus.

— Ta fille va rentrer pour les vacances. Tu ne l'as pas vue depuis avant Noël. Il faut que tu t'occupes d'elle. Je laisse la place.

Jérôme enfouit sa tête dans les bras de Vilno. Sa peau sèche et fine a capturé le parfum timide du jardin d'hiver.

— Mais je reviendrai, ajoute-t-elle.

Le temps passe, songe Jérôme. Et rien n'arrive. Il reçoit des lettres de Marina, étrangement guindées, comme venues d'une autre époque. Elle l'appelle « mon cher père » et lui parle de ses études, de ses notes, de sa passion nouvelle pour l'histoire. Il est impressionné par la musique de ses phrases, leur équilibre parfait, le tempo précis, la sage concision de ses récits. « Mes cheveux sont très longs, écrit-elle au bas de la plus récente. Tu ne me reconnaîtrais pas. »

Le temps passe et aucune nouvelle catastrophe ne s'abat sur lui. Il se rend compte qu'il est crispé dans cette attente, une sorte d'appréhension tragique. Un cadavre gît dans son jardin et rien ne se passe. La poussière retourne à la poussière. Les fleurs n'en seront que plus belles l'année suivante.

18

Les pages du carnet déchiré jonchent le sol devant la cheminée. Alexandre est replié sur lui-même, au milieu d'elles. Il se frotte la joue, bercé par le grincement de sa barbe naissante sous sa paume. En biais, il regarde les capitales qu'il a tracées au crayon rouge sur des pages arrachées.

Il les réunit d'une main, les mélange, les éparpille. Jérôme est la somme de six soustractions. Un pour six. L'enfant unique rendu aux parents veufs, aux parents plusieurs fois endeuillés, l'enfant sauvage offert par la forêt qui en a caché tant et tant.

Alexandre ne désire plus rien. Il le tient, son motif. Il croyait que la beauté rachèterait la perte. Il s'est trompé. Tous les points sont reliés et pas le moindre soulagement.

Il est écrasé par l'amour des parents de Jérôme comme sous une cascade, une avalanche. Une souris mâchonne son lacet de soulier en poussant de minuscules cris de joie.

19

Vilno aime marcher dans ce bled. Elle aime ce mot, « bled », dont elle sait – bien qu'étrangère – qu'il n'est pas français. Bled, c'est un mot arabe, c'est le soleil, le vent chargé de sable, la chaleur sèche qui drape les corps. Mais c'est aussi ici, le froid humide et persistant, les cieux blancs, les maisons sans caractère aux toits trop larges, trop lourds, qui accablent les murs et donnent un air buté à la plupart des bâtisses. C'est l'église au clocher fendu, avec sa longue cicatrice de plâtre, le Bar des Sports et ses guirlandes de Noël qu'on ne décroche qu'en avril, l'exposition de peinture à doigt des enfants de maternelle dans la salle des fêtes mitoyenne de la mairie. Les rues sont plus larges que là d'où elle vient. Il n'y a pas, comme chez elle, de mousse au centre de la chaussée. Les jardins sont maniaques – ronds de terre autour des pommiers, parterres de pétunias sous les fenêtres, rangs de dahlias le long des haies ; ou, à l'inverse, excessivement mal tenus – pots de peinture entassés sur une bâche percée, morceaux de bois adossés à un squelette de tondeuse, pinceaux, chaises à trois pieds, pelles cassées, jouets d'enfants délavés, chambres à air, bouteilles, vélos sans roues.

Il est moche ce bled, pense-t-elle. Et dans ce bled moche, j'ai trouvé un homme.

Elle marche vite, comme à son habitude, canadienne ouverte, parce qu'elle aime sentir le froid sur sa peau, être saisie par l'air.

Le danger augmente chaque jour, avec chaque heure qui passe et qui l'attache un peu plus à Jérôme. Elle pense aux os, à la croix d'argent, à la bague à tête de mort, aux pièces à conviction qu'ils ont dissimulées ensemble.

– Ce n'est rien, lui a-t-elle dit. Maintenant, c'est fini. On n'y pense plus.

Mais c'est faux. Ils font comme si, l'un et l'autre, parce qu'ils veulent vivre encore un peu, profiter de leur appétit éveillé à contretemps, acheter la maison des cochons, l'embellir, en faire la leur.

Elle ne s'attendait pas à la rencontre.

Lorsque, quatre ans plus tôt, son fils était parti poursuivre ses études en Angleterre, elle avait été sidérée par la surprise. Sur le quai de la gare, elle avait agité bravement la main, puis s'était précipitée vers sa voiture, le dernier sourire adressé à Sam encore aux lèvres. Ses mains étaient sans force, incapables d'introduire la clé dans le contact, trop lourdes pour s'appuyer sur le volant. Elle s'était regardée dans le rétroviseur, comme si elle revoyait son visage pour la première fois depuis vingt ans. Comment pouvait-elle être aussi ridée ? Et l'éclat de ses yeux, où était-il enfui ? Que faire à présent ? Plus de repas à préparer, plus d'anecdotes à entendre, de conseils à prodiguer, de permissions à accorder. Elle n'aurait jamais pensé que la maternité occuperait un tel espace dans sa vie. Élever un enfant ne lui avait rien coûté. C'était facile. Elle n'y pensait jamais. Elle aimait devoir renouveler si souvent la garde-robe. Son fils grandissait vite. Les pantalons étaient toujours trop courts, les manches des pulls aussi. C'était une mère permissive et peu anxieuse, ne surveillant jamais les horaires, sortant elle aussi beaucoup. Elle avait, parfois, ressenti de la peine en observant les autres femmes de son âge, si dévouées à leur progéniture, si arc-boutées sur leur devoir, si dépendantes – c'était le mot qui lui venait systématiquement à l'esprit – des succès et des déconvenues de leurs petits. Comme elles seront tristes, pensait-elle, quand les oisillons quitteront le nid. Comme elles seront désœuvrées, seules, perdues. Elle avait l'impression de les voir depuis une hauteur. Et pourtant, contre toute attente, sur le parking de la gare, elle avait rejoint le bataillon des ménagères mises au chômage forcé par le départ de leurs enfants.

Regardant ses mains – qui n'étaient ni desséchées par les lessives, ni cisaillées par les couteaux de cuisine –, ses mains à peine brunies par les travaux de jardinage en plein air, elle s'était soudain sentie rejetée à la périphérie de l'univers, pulvérisée par une force centrifuge dont elle n'aurait jamais soupçonné la violence. Elle n'avait pas l'habitude de s'attendrir, encore moins de se plaindre. Elle avait serré les dents, honteuse de s'être laissé piéger, honteuse de sa faiblesse et de son inanité. Le mieux était encore de disparaître.

La France, pourquoi pas ? Paris, pour commencer, parce que c'était l'évidence et qu'elle y avait vécu entre dix-huit et vingt-sept ans, au lieu d'aller à l'université, au lieu de se marier, exerçant des petits boulots de serveuse, donnant des cours de langue, couchant avec ses patrons, ses clients, ses élèves, sans se lasser, sans se perfectionner, mais plutôt dans le but de saisir une vérité qui ne cessait de lui échapper. Qui était-elle ? Qui étaient-ils ? Et le monde, quel sens devait-on lui trouver ? Elle n'avait obtenu aucune réponse, jusqu'au jour où Lester Gordon était entré dans sa vie. C'était un homme d'une indifférence exquise, dont l'expression favorite était « Never mind » et qu'elle avait suivi dans son Norfolk natal pour l'épouser. « Never mind, peu importe » était la réponse absolue, la fin des questions. Quel apaisement. En compagnie du marchand de boutons, elle avait enfin pu vivre bouche cousue. Cela avait duré dix ans. Un an à deux, neuf ans à trois. Et puis, un jour, à la station Green Park, un inconnu lui avait posé un poing au creux du genou. Elle était partie, avait emmené Sam. Vilno Gordon était redevenue Vilno Smith. C'est à ce moment-là que le temps s'était mis à s'accélérer, les années s'empilant les unes sur les autres dans un vortex insouciant, un manège infernal qui avait fini par l'expulser aux confins de l'humanité, dans la frange indécise où évoluent les femmes sans enfants, sans vie amoureuse, sans talent particulier.

Ce bled, elle l'a choisi à cause de L'Année silex, le livre dont elle a parlé à Jérôme lors de leur deuxième rencontre. Elle a pris trois trains et un bus pour y accéder. Ses malles sont encore dans une consigne en gare de Lille. Qu'elles y restent. Elle n'a besoin de rien.

Elle est entrée dans l'agence, à la descente du car, parce qu'elle a toujours détesté les hôtels et que, contrairement à ce qu'elle a annoncé à Jérôme, elle avait les moyens d'acheter. Elle s'est assise face à lui et, sans qu'elle y prenne garde, quelque chose a cédé. Ses ligaments ont fondu d'un coup. Ses genoux se sont écartés subitement, comme si son corps avait été privé de son tonus élémentaire. Elle a posé le menton dans ses mains, coudes sur le bureau, car, sans cela, elle serait tombée à la renverse. C'est physique, se dit-elle, quand elle cherche à s'expliquer ce qui lui est arrivé. La pente des yeux, la couleur de la peau, l'orientation des sourcils, l'implantation du nez, le dessin des lèvres. Parfois, un visage vous bouleverse. Le contempler vous blesse et vous console. Elle ne se souvient pas d'avoir éprouvé pareil choc, elle manque de mots pour décrire l'exacte nature de l'impact.

Après ça, il y a eu la visite de la porcherie, le vol des clés, les nuits solitaires dans la cabane, la planque au grenier quand Jérôme est venu rechercher sa voiture, les allers-retours en bordure du village – tout acheter au supermarché discount où elle risquait moins de le croiser, manger du pain de mie à la texture d'éponge cacochyme et du fromage à tartiner durci par le froid, attendre, l'espionner un peu, rêver de lui, rendre la clé, attendre encore.

– Tu me suis ? demande Vilno.

– Oui, dit une jeune fille aux joues veloutées, aux yeux très maquillés, au corps de bonbonne.

– Pourquoi ?

Rosy ne répond pas. Elle regarde Vilno, les rides aux commissures de ses lèvres, au-dessous de ses yeux, sur son front. Elle attend qu'un sourire se dessine.

– Qu'est-ce que tu veux ?

Rosy hausse les épaules. Elle attend encore. Le sourire apparaît.

– On peut parler ?

– Oui, dit Vilno. On peut parler.

Rosy lui demande de la suivre. Elle marche vite. Vilno admire les ondulations lentes que trace le corps de la jeune fille dans le jour qui décline. Comme si, au rythme vif de son pas, s'en superposait un autre, plus langoureux, décalé.

Elles empruntent des rues aux noms surprenants : allée de Perte-en-Mauve, route de Corne-Casse, passage du Pré-qui-Penche. Vilno se force à lire les panneaux, malgré l'obscurité croissante, comme s'il s'agissait d'un jeu de piste.

Rosy pousse une porte, actionne un interrupteur, jette son manteau par terre.

– On est chez moi. Ma mère est à la boutique. Mon père est au café. Asseyez-vous.

Vilno obéit, tire une chaise face à la table de cuisine recouverte d'une toile cirée aux motifs de feux d'artifice. La pièce est étroite, percée d'une fenêtre unique, ornée de rideaux d'organdi rose saumon à pampilles dorées. Partout, sur la moindre étagère, le moindre rebord, s'entassent des bibelots : bouddhas de marbre, poissons en verre filé, bergères en porcelaine, salières humoristiques, fleurs artificielles.

— Faites pas attention à la déco, recommande Rosy, qui a surpris le regard de Vilno. Ma mère est dingue.

— Je m'appelle Vilno, dit Vilno.

— Je sais, dit Rosy en serrant la main qu'on lui tend. Moi, c'est Rosy.

— Tu me connais ?

— Oui. Non.

— C'est oui, ou c'est non ?

— Les deux. Je sais qui vous êtes, mais je ne vous connais pas.

— Et qui je suis ? demande Vilno, amusée.

— Vous êtes avec le père de Marina.

— C'est une amie à toi ?

— C'est ma meilleure amie.

Vilno acquiesce, émue par l'expression obsolète. Best friend. Quand on est jeune, c'est si important, si solennel, la meilleure amie.

Rosy prépare du café, allume une cigarette, se mouche, sort des tasses, un sucrier, des cuillères, dispose une barre chocolatée coupée en quatre dans une assiette et s'assied avec beaucoup de grâce face à Vilno.

— J'ai peur, dit-elle en écrasant sa cigarette.

Moi aussi, songe Vilno, silencieuse. Ne jamais montrer sa peur aux animaux, pareil avec les enfants. Ne pas fléchir, ne pas trembler. Sous la table, elle serre ses mains l'une contre l'autre.

— Jérôme vous a parlé de moi ?

Vilno croit discerner un accent de coquetterie dans cette question et hésite à répondre.

215

– Il vous a peut-être dit que j'étais médium. Vous êtes nouvelle, mais ici, tout le monde le sait. Tout le village est au courant. Quelque chose va mal, dit la jeune fille. Quelque chose est détraqué.

Vilno se demande si Rosy a lu *Hamlet*.

– Il y a eu trop de morts d'un coup.

– Qui est mort ? demande Vilno.

– Armand et Clémentine.

– Qui est Clémentine ?

– C'était une fille de notre classe, une gothique. Vous savez ce que c'est ?

– Je suis écossaise. Nous sommes les inventeurs du gothique.

Rosy a l'air impressionnée et se tait quelques instants avant de reprendre.

– C'est pas comme s'ils étaient morts de maladie. Armand est mort dans un accident et Clémentine, on ne sait pas, elle a disparu. C'est ça qui me fait peur.

– Pourquoi ?

– C'est le père de Clémentine qui a vendu la moto à Armand.

– Et alors ?

– Alors il a trafiqué la moto pour qu'Armand ait un accident. S'il a fait ça, c'est qu'il voulait se venger.

– Il l'a vendue avant ou après ?

– Avant ou après quoi ?

– La moto, il l'a vendue avant ou après la disparition de sa fille.

Rosy réfléchit un instant, lève les yeux au plafond, ferme les paupières, les rouvre et dit :

– Avant.

Vilno frappe du plat de la main sur la table, satisfaite.

– Voilà ! s'exclame-t-elle. Il est rare qu'on se venge d'un crime avant même qu'il soit commis.

– Je n'y avais jamais pensé, dit Rosy. Alors tout va bien ?

– Tout va bien, répète Vilno.

À Achnasheen, le minuscule village des Highlands où elle est née, on racontait beaucoup d'histoires morbides pour se distraire lors des interminables hivers. Toutes étaient fausses, mais on les colportait, cependant, pour le plaisir de sentir les poils se hérisser sur les avant-bras. Ces veillées avaient fait de Vilno une sceptique paradoxale. Elle croyait aux récits druidiques, à la puissance protectrice des arbres et aux elfes, mais elle refusait de gober que Gil avait tranché la main de Tom, ou que Calum avait égorgé Fenella. Elle est même étonnée d'avoir accordé le moindre crédit aux hypothèses de Jérôme. Rien n'a jamais collé dans cette histoire. Elle aurait dû s'en rendre compte immédiatement.

– Pourtant, il y a quelque chose, reprend Rosy, les sourcils froncés. Quelque chose de sombre dans cette maison. Je l'ai toujours senti. Vous ne le sentez pas, vous ?

C'est justement ce qui m'attire, pourrait dire Vilno, mais elle secoue la tête.

– Peut-être que c'était le pressentiment, dit Rosy.

– Peut-être, dit Vilno.

– Vous ne savez rien, en fait ?

– Non. Tu es déçue ?

— Vous couchez avec lui, mais vous ne savez pas qui c'est. Vous ne connaissez même pas sa fille. Vous êtes une étrangère.

Vilno hausse les épaules. Que pourrait-elle répondre ? Tout ce que dit Rosy est vrai.

— Est-ce qu'on va devenir comme ça, nous aussi ? demande la jeune fille. Est-ce qu'on va devenir comme vous ? Je vois bien ce qui se passe. Les adultes n'ont pas le temps. Ils se fréquentent, mais ils ne se connaissent pas. Même quand ils sont mariés. Même quand ils ont des enfants ensemble. Nous, on se connaît parce qu'on traîne. Parce qu'on passe beaucoup de temps à rien faire, collés les uns aux autres. Parce qu'on va aux toilettes ensemble, parce qu'on boit dans les mêmes verres et qu'on échange nos habits. Je ne veux pas devenir comme vous. Ça me donne froid rien que d'y penser. Plus tard, je serai seule, parce que tous les adultes sont seuls, et ça aussi, ça me fait peur.

Vilno ne veut pas mentir à Rosy, lui raconter que, bien au contraire, plus le temps passe, plus on s'approche les uns des autres.

— Il ne faut pas exiger de la vie qu'elle soit comme ci ou comme ça, dit-elle à Rosy. Parfois elle est bonne, parfois mauvaise et parfois pire que ça encore. Mais l'enfance reste en nous. Le temps est une boule. L'enfance est au centre ; on ne fait que tourner autour. On ne la perd pas. J'ai cinquante ans. C'est vieux. Mais, dans ma tête, j'ai trois ans et huit ans et quatorze ans.

— Ma mère n'est pas comme ça. Ma mère n'a jamais eu huit ans.

– Tu seras différente.

Le visage de Rosy s'illumine.

– Je suis différente.

– Comment il était Armand ?

– Il était beau. Beau à mourir. On peut dire ça, beau à mourir ? Il était bon aussi. Ça, on ne peut pas le dire. Ça fait ridicule, mais c'est la vérité. Comme vous ne l'avez pas connu, vous ne me croyez pas, parce que, raconté comme ça, on dirait un conte de fées. C'est triste pour tout le monde, ce qui est arrivé. Je ne sais pas comment Marina va faire pour vivre, maintenant. Moi, je n'ai jamais eu d'amoureux. Vous croyez que je vais mourir comme ça ? Sans avoir jamais connu l'amour, enfin, tout ça, quoi ? Marina a pris beaucoup d'avance. Vous croyez à la sagesse ?

Rosy s'interrompt brutalement, regarde sa montre sans attendre la réponse.

– Ma mère va rentrer. Je ne veux pas qu'elle vous voie.

La jeune fille tend son manteau à Vilno et la conduit vers la porte.

Vilno voudrait dire à Rosy de ne pas s'en faire, d'arrêter d'avoir peur, mais aucune phrase ne lui vient, alors elle prend dans ses mains les large joues mandchoues et dépose un baiser entre les deux sourcils frémissants.

20

Les dernières lueurs du jour pénètrent dans le salon. Alexandre et Jérôme sont assis, face à face. Sur une table, entre eux, le reliquaire est exposé.

– Je n'y arrive pas, dit Jérôme. Dans une heure, je vais chercher ma fille à la gare. Je ne sais pas quoi faire de ces trucs, ajoute-t-il en désignant la croix, la bague et les osselets.

– C'est pour ça que tu m'as appelé ? demande Alexandre.

Jérôme ne répond pas. Il aurait préféré tenir bon, ne rien dire à personne, endosser la faute, supporter le mystère, tenir en respect le danger. C'est au-dessus de ses forces. Chez lui, la moindre goutte d'eau suffit à faire déborder le vase, comme si la saturation était son état permanent. Et pourtant, je me sens tellement vide, songe-t-il.

– Je ne veux pas qu'elle sache, finit-il par dire. On va la protéger, toi et moi. Tu veux bien ? C'est ton métier, non ? Protéger les citoyens. Protège ma fille.

– De quoi ?

– De la vérité.

Alexandre saisit un os, le palpe, l'examine.

– On peut allumer ?

– C'est ce que tu cherchais, depuis le début, non ? demande Jérôme. Les jeunes qui disparaissent. Ta théorie, tout ça.

Il ricane et allume la lumière. Alexandre poursuit son examen.

– Elle n'était pas bien loin, tu vois, dit Jérôme. Dans mon jardin, sous un parterre de fleurs. Qu'est-ce qu'on fait ? Qu'est-ce que je dois faire pour que tu n'appelles pas la police ?

– Rien.

Alexandre repose l'osselet, tire son carnet de sa poche, le feuillette.

Jérôme pense à son propre calepin abandonné il ne sait où, aux malheureuses phrases qu'il y a écrites, à l'écran qui le sépare des mots dès qu'il touche un stylo.

Les deux hommes se regardent en silence. L'erreur se dresse entre eux, la confusion les éloigne.

– Ces os, déclare Alexandre en posant son carnet sur la table, à côté du reliquaire. Ces os sont anciens. Pas de chair. Secs, presque friables. Je ne suis même pas certain qu'ils soient humains. Il y a longtemps, avant que tu n'achètes cette maison, un enfant a enterré son chien au fond de la cour. On pourrait résumer les choses ainsi.

– Et Clémentine ?

– Ah, Clémentine, répète Alexandre d'un ton rêveur. Quel joli prénom. Quelle drôle d'histoire. Elle a réapparu, figure-toi. C'est très rare. Un ancien collègue à moi, qui a été muté dans le Vaucluse, m'a appelé l'autre jour pour me dire qu'il avait retrouvé sa trace. Elle vend des pommes sur les marchés. Une Clémentine qui vend des pommes... Il a eu du mal à la reconnaître au début parce qu'elle a sérieusement changé d'allure. Maintenant, elle se déguise en fermière. C'était un banal cas de fugue. Elle est majeure, son père ne peut plus rien contre elle.

— Pourquoi tu ne m'as pas prévenu ?

— Je ne pensais pas que ça t'intéresserait. J'ai oublié. J'avais d'autres choses plus importantes à te dire.

Jérôme attend un soulagement, mais rien ne vient, son cœur demeure serré comme un poing dans sa poitrine.

— Et les bijoux ? demande-t-il.

— Ce sont des objets assez communs. On trouve un tas de choses quand on creuse. Des morceaux d'assiettes, des fioles, des poignées de porte, des clés. C'est fou ce que les gens enterrent.

Jérôme se sent idiot. Il a joué aux gendarmes et aux voleurs, s'est laissé convaincre par les rumeurs, les soupçons, les on-dit. En route vers la vérité, il s'est empêtré dans l'étoffe tissée de méfiance qui enveloppe si bien les villageois glacés par l'ennui. Il a cherché à comprendre sans suivre les conseils d'Alexandre, s'est empressé d'établir des corrélations, a tiré des conclusions, incommodé qu'il était par l'inquiétant vacillement du réel. Il fallait que tout concorde, que les pièces éparses du puzzle achèvent enfin de composer une image. Que cherchait-il ? D'où lui venait cette urgence à résoudre ? Si j'avais tout noté dans mon carnet, songe-t-il, on n'en serait pas là, j'aurais conquis la patience.

– Alors ? dit-il à Alexandre. C'est quoi ces choses si importantes que tu voulais me dire ?

Jérôme ne s'attend à rien. Il aimerait éprouver de la curiosité, s'y efforce, n'y parvient pas. Il est comme à la mort d'Armand, dépossédé, séparé de son esprit, flottant un peu au-dessus, un peu à côté de lui-même.

Moi aussi, j'ai creusé, pense Alexandre. Ailleurs, plus loin, dans des monceaux de papiers, des entrailles virtuelles. Et maintenant il va falloir que je dépose entre tes mains une poignée de cendres.

Il sort la photo d'Annette de son carnet et la tend à Jérôme.

Le fils dévisage sa mère, désorienté. Il avait oublié qu'une enquête parallèle se déroulait. Il est tenté d'interrompre Alexandre ; il voudrait lui dire que cette histoire n'était qu'un prétexte.

En savoir plus sur ses parents, à quoi bon ? Il y aura toujours un maillon manquant, car à l'énigme de son adoption se superpose celle de sa naissance. Lui qui a grandi dans une forêt ne connaîtra jamais son arbre généalogique. L'ironie le fait sourire.

– Tu m'as dit que ta mère s'appelait Landau, lui rappelle Alexandre.

L'inspecteur tire de son sac des photocopies, des clichés de documents jaunis couverts de calligraphies penchées, pointues, anciennes. Les feuilles volantes s'accumulent, glissent les unes sur les autres, se répandent sur la table.

– C'est un nom étranger.

Prononcer ces mots lui coûte, comme s'il procédait à une dénonciation.

Jérôme n'écoute pas, son esprit s'est enfui. Une phrase accroche un instant son attention.

– Tes parents ont eu d'autres enfants avant toi.

Jérôme plisse les yeux, efface les paroles à mesure qu'Alexandre les prononce. Son corps entier se resserre autour du poing serré dans sa poitrine, rapetisse, se densifie. Il tente de se concentrer, secoue la tête, n'y parvient pas. Il entend des bruissements, des craquements. Au loin, la chouette de Tengmalm hulule.

– Viens dans la forêt, chante-t-elle tristement. Viens, petit garçon.

Il répond à l'appel, roule sur des ronciers, s'élance dans des pierrées, rampe à l'abri des fougères, cherche un abri. S'y cacher, n'en plus jamais sortir, oublier la lumière, les mots, grogner, donner des coups de dents, désapprendre à lire, à écrire, ne plus rien savoir, demeurer en paix, seul, au cœur de la forêt.

Il n'a pas conscience des bruits qu'il produit, n'entend pas le gémissement aigu et faible que ses mâchoires ne peuvent réprimer.

Alexandre poursuit son récit, se défait de l'histoire qui ne lui appartient pas, se défait de toutes les histoires, les affaires, les crimes, les victimes, les coupables, se débobine – y laisse son passé, son présent, sa substance – jusqu'à l'acronyme, le prénom cimetière.

– Tes parents ont eu six enfants, ils en ont perdu six, ils en ont trouvé un, dit-il.

Il étale sur la table les pages arrachées de son carnet. Un prénom sur chacune, initiale en rouge : J pour Joël, E pour Esther, R pour Ruben, O pour Olga, M pour Moshe, E pour Élie. J.E.R.O.M.E.

C'est une cérémonie de baptême aussi violente que celles qu'ont inventées les hommes, depuis des millénaires, sous toutes les latitudes.

Les lettres et les chiffres valsent lentement dans l'esprit de Jérôme, comme dans le cerveau d'un cancre.

Il plaque une main sur sa bouche. Anonyme, se dit-il. Je n'ai jamais su qui m'avait enfanté et voilà que même mon prénom n'existe pas. Je suis un sigle. Je ne suis rien. Je ne vaux rien. Le sang s'écoule en lui comme dans un sablier. Il se sent disparaître.

— Ma mère... commence-t-il.

— Ta mère a eu quatre enfants avant la guerre, avec un homme qui s'appelait Meyer Abramowicz. Ils sont tous morts, sauf elle. Ton père avait deux enfants, et une femme qui s'appelait Rivka Stern. Tout est écrit. C'est ton histoire, lui dit-il en déposant le carnet noir à reliure rouge entre ses mains.

Jérôme le lâche.

— Ce n'est pas mon histoire, dit-il. Ça n'a rien à voir avec moi.

Alexandre baisse les yeux. Et pourtant, pense-t-il, tu aurais fini par trouver à force de fouiller, de gratter la terre. Que cherchais-tu, tout ce temps ? Tu étais hanté. Et comment ne pas l'être ? Nous le sommes tous, d'une manière ou d'une autre, qu'on le veuille ou non. C'est une question de pays, une question de génération.

Alexandre se souvient des diatribes de son père, contre les juifs, ces rats. Il disait ça, Cousinet senior, « ces rats de juifs », qui avaient tout gâché, avaient pourri la France, lui avaient dérobé son honneur. Alexandre ne comprenait pas. Il avait peur. Et si, moi aussi, j'étais juif, se disait-il. Si je devenais juif. Comment savoir ? Il priait timidement pour ne pas l'être, ne pas le devenir, ou, si cela devait arriver, pour que son père ne se rende compte de rien. Je n'ai que lui, pensait-il, recroquevillé dans son lit. Pourvu qu'il me garde.

– Je me suis toujours demandé ce que ça faisait d'être aimé par ses parents, dit Alexandre, d'une voix songeuse.

Et soudain, sans que Jérôme comprenne comment ni pourquoi le mouvement s'inverse : le sang remonte dans ses artères, fuse dans son cœur, inonde son cerveau.

Nous ne sommes que des probabilités, se dit-il. J'aurais dû ne pas naître, et je suis né. J'aurais dû mourir, et j'ai été sauvé. Son cœur bat très fort dans sa poitrine, il l'entend, le sent, comme s'il allait bondir hors de ses côtes.

– J'aurais préféré te ramener des vivants, poursuit Alexandre. Mais c'est le problème, avec ce métier. Le pot de confiture, tout ça, c'est pour faire joli. La vérité, c'est toujours la mort.

Il espérait, sans se l'avouer, que Jérôme éprouverait une reconnaissance inouïe pour lui, un sentiment si fort qu'il illuminerait le reste de ses jours, une asymptote à la passion. Mais c'est comme d'habitude, une fois l'affaire résolue, l'investigateur qui s'y était plongé en est brutalement exclu.

Jérôme hésite. Il voudrait prendre Alexandre dans ses bras, le serrer contre lui, mais il n'ose pas. En proie à la mièvrerie qu'il tolère si mal, à l'émotion dont il ne sait que faire, il récapitule avec toute la lenteur qui le caractérise, avec toute l'imbécillité qui l'encombre : Je viens d'apprendre quelque chose de très important, de très grave. Je devrais être bouleversé. Un autre, à ma place, pleurerait, donnerait des coups de poing dans le mur, pousserait un cri. Je ne peux rien faire de tout cela. Je n'ai pas ce qu'il faut dans mon corps de violence ou de rage. Je n'ai pas l'énergie.

Jérôme pense au bébé vaillant et vigoureux qu'il a été, se dit que toutes ses forces se sont épuisées là-bas, dans la forêt, pour survivre, pour croire. Depuis, je ne fais qu'accepter d'être au monde, et cela suffit à m'exténuer. Je ne comprends pas ce que dit Alexandre. J'ignore pourquoi il est allé déterrer tout ça.

Tandis que ces pensées s'enchaînent péniblement sous son crâne, une forme apparaît, grandit, occupe l'espace. Le vide est toujours là – ce creux familier au sein de sa poitrine, un poing fermé et rien autour, du vent –, mais voilà qu'il prend du volume, qu'il gagne du sens. Jérôme ne savait pas que ses six demi-frères et sœurs avaient existé, ni qu'ils avaient été assassinés. Ce qu'il a toujours connu, en revanche, c'est cette cavité en lui, cette absence, comme une chambre d'écho intérieure.

Je t'ai mal jugé, voudrait-il dire à Alexandre. Ce que tu as fait pour moi, personne n'aurait eu le cou-

228

rage de l'accomplir. Je sais ce qu'il t'en coûte. J'avais grand besoin d'un ami et j'ai trouvé un frère. Mais il ne peut desserrer les dents, parce que les hommes ne se parlent pas ainsi, parce que les hommes ne se parlent pas.

Alors il sourit.

21

Marina est la première à descendre du train, un sac léger sur l'épaule, ses longs cheveux fouettés par le vent qui s'est levé en même temps que la lune. Elle sourit à son père, dans le halo que dessine autour d'elle le lampadaire de la gare. On croirait une actrice sur une scène, à la fin de la pièce, attendant les applaudissements, éprouvée par sa performance, vibrante. À mesure que Jérôme s'avance vers elle, il sent ses bras revivre, grandir, se déployer comme deux larges ailes.

Elle a changé, comme elle le lui disait dans sa lettre.

Ce ne sont pas les cheveux, c'est autre chose. Son visage est lavé, comme une plage de l'Atlantique à l'époque des grandes marées. Ses joues, ses paupières sont longues et étales, tels les bancs de sables mis à nu par l'océan retiré. Elle se trompait quand elle disait qu'il ne la reconnaîtrait pas. C'est le contraire. La ressemblance entre elle et lui le bouleverse, car elle ne vient pas de l'extérieur, du constat renvoyé par un reflet, elle surgit de l'intérieur, d'une zone située sous la peau, du réseau de muscles auquel le chagrin a imprimé ses marques immémoriales. Ma fille, pense-t-il.

Dans la voiture, ils se taisent, car que peut dire une fille à son père ? Que peut dire un père à sa fille ?

J'ai rencontré Armand il y a très longtemps, fait une voix dans la tête de Marina. *J'étais en sixième, la première fois que je l'ai vu. Et je l'ai tout de suite aimé. Je n'en ai parlé à personne, parce que les gens croient qu'il faut être adulte pour ressentir l'amour, le vrai. C'est faux. Mais à quoi ça sert de s'énerver pour ça ? À rien. C'était mon secret. Je l'ai tout de suite aimé parce qu'il défendait les petits dans les bagarres et qu'il me souriait, alors qu'il était un grand de cinquième et moi, une petite de sixième. Armand n'a jamais méprisé personne. Si je parle de lui, on ne me croit pas, c'est comme pour l'amour. Les gens ont beaucoup d'idées préconçues. Ils sont méfiants, ils veulent avoir raison, ils ont peur d'être dupes. Si je parle de la bonté d'Armand, on me répondra qu'il était idiot, si je parle de sa beauté, on me dira qu'il était vaniteux, si je parle de sa politesse, on me dira qu'il était faux, si je parle de son courage, on me dira qu'il était prétentieux. Alors je ne dis rien. Je ne disais rien avant et je ne dirai rien maintenant. Si les gens ont besoin de croire que les humains sont minables, n'agissent que par intérêt et que la lâcheté est la chose au monde la plus répandue, je les laisse faire. Ça m'est égal. Moi, j'ai connu l'amour et je les emmerde. Je vous emmerde tous. J'ai aimé un garçon qui m'a aimée en retour. J'ai eu cette chance et je veux croire que c'est comme le sommeil, ou l'appétit, que c'est un don. Il avait le corps le plus tendre qui soit, mais je n'en ai jamais touché d'autre. Je suis très savante et très ignorante. Quand il est mort, la vie entière s'est retirée de moi. Le sang est parti, avec les larmes, et je ne suis pas morte pourtant. J'ai continué à vivre, sans la vie en moi. Et aujourd'hui, je suis là. Il n'y a pas d'autre sens à cette histoire. Si je vis, c'est qu'il faut que je vive. J'ai résisté. Nous résistons tous.*

Dans la tête de Jérôme, une voix s'élève aussi : *C'est l'histoire d'un petit garçon. D'un bébé. Ce bébé, c'est moi. J'habite dans la forêt, seul. Je ne sais pas qu'il y a d'autres bébés, pas loin, qui habitent dans des maisons. Je ne sais pas qu'ils ont une maman et un papa, des frères, des cousins, des amis. Moi, je suis tout seul, parce que ma mère m'a caché. Ma mère a une voix très douce. Je fais tout ce qu'elle dit. Je la protège. Je m'occupe très bien d'elle. C'est facile pour moi, je n'ai qu'à l'écouter. Souvent, elle a froid. Parfois, elle pleure. Moi, je n'ai jamais froid et je ne pleure jamais. Je suis le plus fort du monde. J'invente cette histoire parce que je ne la connais pas. Elle est vraie, puisque je suis là, mais je ne m'en souviens pas. Je suis obligé de l'inventer, sinon, je n'existe pas.*

La lune est montée, vite, vite dans le ciel, blonde comme une énorme galette.

– Regarde, dit Jérôme à Marina. Regarde, la lune, comme elle est grosse.

Marina penche la tête pour voir à travers le pare-brise et, un instant, sa tempe se pose sur l'épaule de son père.

Je remercie l'historienne Claire Zalc pour ses précieuses explications. Elle est l'auteur, avec Nicolas Mariot, d'un livre remarquable intitulé *Les 911, la persécution des Juifs de Lens (1940-1945)*, aux éditions Odile Jacob.

Quelques minutes de bonheur absolu
Éditions de l'Olivier, 1993
et « Points », n° P189

Un secret sans importance
prix du Livre Inter 1996
Éditions de l'Olivier, 1996
et « Points », n° P350

Cinq photos de ma femme
Éditions de l'Olivier, 1998
et « Points », n° P704

Les Bonnes Intentions
Éditions de l'Olivier, 2000
et « Points », n° P917

Le Principe de Frédelle
Éditions de l'Olivier, 2003
et « Points », n° P1180

Tête, archéologie du présent
(photographies de Gladys)
Filigranes, 2004

V.W. : le mélange des genres
(en collaboration avec Geneviève Brisac)
Éditions de l'Olivier, 2004
réédité sous le titre La Double Vie de Virginia Woolf
Points, n° P1987, 2008

Mangez-moi
Éditions de l'Olivier, 2006
et « Points », n° P1741

Le Remplaçant
Éditions de l'Olivier, 2009
et « Points » n° P2439

L'Expédition
(illustrations de Willi Glasauer)
L'École des Loisirs, 1995

Les Pieds de Philomène
(illustrations d'Anaïs Vaugelade)
L'École des Loisirs, 1997

Je manque d'assurance
L'École des Loisirs, 1997

Les Grandes Questions
(illustrations de Véronique Deiss)
L'École des Loisirs, 1999

Les Trois Vœux de l'archiduchesse Van der Socissèche
L'École des Loisirs, 2000

Petit Prince Pouf
(illustrations de Claude Ponti)
L'École des Loisirs, 2002

Le Monde d'à côté
(illustrations d'Anaïs Vaugelade)
L'École des Loisirs, 2002

Comment j'ai changé ma vie
L'École des Loisirs, 2004

Igor le labrador
et autres histoires de chiens
L'École des Loisirs, 2004

À deux c'est mieux
(illustrations de Catharina Valckx)
L'École des Loisirs, 2004

C'est qui le plus beau ?
L'École des Loisirs, 2005

Les Frères chats
(illustrations d'Anaïs Vaugelade)
L'École des Loisirs, 2005

Je ne t'aime toujours pas, Paulus
L'École des Loisirs, 2005

Je veux être un cheval
(illustrations d'Anaïs Vaugelade)
L'École des Loisirs, 2006

Mission impossible
L'École des Loisirs, 2009

La Plus Belle Fille du monde
L'École des Loisirs, 2009

RÉALISATION : NORD COMPO À VILLENEUVE-D'ASCQ
IMPRESSION : CPI
DÉPÔT LÉGAL : SEPTEMBRE 2011. N° 105494-2 (2018645)
IMPRIMÉ EN FRANCE

Éditions Points

Le catalogue complet de nos collections est sur
Le Cercle Points, ainsi que des interviews de vos
auteurs préférés, des jeux-concours, des conseils
de lecture, des extraits en avant-première...

www.lecerclepoints.com